听说时光记得你

温如生——著

中国出版集团　现代出版社

听说时光记得你

听说时光记得你

自序

谢谢时光记得

对于这样新的身份，我像是无意间闯入的外来者，只是一场意外，跌跌撞撞地一路走到了现在，其实从来都没有抱过什么期待，只是安静地待在属于自己的角落里张扬地发光。

“写作”这回事，对我来说是极其私密的，我很难去形容这样的一种感觉。对于被不熟识、陌生的人们看见自己的文字和被熟识、亲密的人们看见自己的文字，这两种情况也有不同的心境。于我而言，反而是被熟识的人们看见自己的文字更觉别扭。

那些小心翼翼，全是我未曾说出口的深情。

关于“被看见”这回事，去年 6 月底，正在“贝抒微”的尾声、“温如生”的萌芽，当时的日子依旧缓慢流动着，和以往并没有什么不同。收到出版社的来信时，我是喜忧参半的，我清楚自己并不够好，只是太幸运被看见，尤其我接下来会马不停蹄地忙好一段时日，在忙于生活、晕头转向之际，我知道自己没有办法同时应付写稿和出版之后的事宜，但我真的很感谢出版社愿意等我这么长的时间。

终于走到了这里。

尽管终于走到了这里，仍然有些不真实感。也幸好，我走到了这里。

从前年的 10 月中到现在，两年多的日子毫不犹豫地流逝过去，一路追着时间跑的生活从来都没有尽头，这本书算是自己趁着生活无意间产生的缺口才得以问世的。也因此，我认识了那么多对自己的伤口也极尽温柔触碰的人们。

遇见自己极其喜爱的人或事物，因为不自信，我总会下意识地退缩，甚至放弃，但有一个人和我说："什么都不敢去追求、去接受，最终才会什么都没有。所以去追求、去接受吧，不是所有的错过都能挽回。如果觉得自己不够好、不配去追求或接受，那就让自己变得更好，让自己有足够的自信去承接最美好的。"

可能不完满，但没关系，世上所有的美好都会成为你。

那么长的时间过去了，我依旧把自己和"温如生"分得很开。

让"温如生"成为我的时候，我一直坚持着可能旁人很难理解的坚持，比如不露面、不参与任何公开的活动（比如分享会、讲座等）、不透露任何个人隐私（比如年龄、职业等，也谢谢认识我的人帮忙保密）……诸如此类，这样的状态让我感到舒服，除了感谢我的家人和朋友，也特别特别感谢尊重我这些坚持的出版社（为此需要的准备时间更长）。

比起暴露于公众之下，我更安于最平淡的生活，无所谓他人对于“温如生”的各种猜测。

但还是好感谢一路陪着我走来的、支持我的你们，谢谢你们让温如生成为温如生，谢谢你们的看见。

谢谢时光记得，把那些好的坏的，都深刻成永恒。

温如生

2017 年 11 月 4 日

听说时光记得你

听说时光记得你

目录

目录

辑一　凌晨无眠，那些无以名状的心事

很多时候都是这样，每个人都有专属自己的光，也可能自己就是谁的太阳，有些人天生带着色彩，有些人则是黑白，却也同样向往彼此。

她视他为良人，时间却错把他当成陌路人。

辑二　日安，和煦阳光中春风般的你

曾经路过万家灯火，见证一次次文明的兴衰和声色犬马的年代。
后来终于有了最深的城府和最无忧的牵挂。
望眼欲穿，都是他。

辑三 大好时光里，我们在现实的路上失散

当日子越过越遥远，世界像蒙灰的玻璃失去光泽，他站在深渊里，把记忆走马看花，任时光刮过、悲伤流进血脉，他有一个不为人知的伤疤。
生活与世界无关，与时间有关。

辑四 流离夜里，你会找到回家的路

幸好是他，有些人会在时光里越嚼越无味，但他不会。
系一生红尘，只为与他看一场人间烟火。
他许她倾世温柔，她还他年年今朝。

听说时光记得你

辑一

凌晨无眠，那些无以名状的心事

很多时候都是这样，

每个人都有专属自己的光，

也可能自己就是谁的太阳，

有些人天生带着色彩，

有些人则是黑白，

却也同样向往彼此。

她视他为良人，

时间却错把他当成陌路人。

青春是时光里的千疮百孔

时间是一场冗长的闭幕式，
在被烧得高温的跨度里小心翼翼地猜测每一个眼神的深意，
对于每一种心思都抽丝剥茧，
纷至沓来的是少男少女的烦恼

在最高楼层的教室，屋顶上头除了铁皮没有其他的遮蔽物。一股燥热在教室里窜动，侵入每个人的毛孔，皮肤上泛起一层薄薄的汗，只听见风扇在运转和笔尖画在纸上沙沙作响。

高三那年，是最难熬的。

越来越多的人背起书包走了，她看着每个踏出教室的背影，心里泛滥出来的是欣羡。眼神在剩下的人里流转一圈，再低头看着试卷上密密麻麻的英文，就只剩下一道阅读测验的大题了。

笔尖在桌面上轻点，她忍不住叹了口气。

自从高三以来，每天能够合眼的时间从来都未超过 5 个小时。

人可以拥有无数个 24 小时，但一天只能有一个 24 小时。她知道，并非所有的事都经得起时间的锋利。

日复一日，像挣脱不开的梦魇，折腾了本来鲜艳夺目的大好青春。

这炼狱般的、高度的精神压迫、众所期待的目光，以及对自己的严苛要求。

这个阶段大概是一个断层，而底下是深渊。仗着年轻的血肉与夜晚拼搏，用意志力填补破晓的缺口，绷紧神经，撑着陷入重度昏迷之前的清醒，试图用眼神看穿那些令人眼光缭乱的文字、数字、理论及公式。

墙上的时钟嘀嗒、嘀嗒，魔音传脑般地贯穿沉睡的寂静，直到书桌上的台灯暗下、爬上床然后沾上枕，整座城市终于隔绝来自时间的压迫。

倒数 365 天……243 天……157 天……69 天……7 天……1 天。

“你以后要选什么系啊？”突然转头的好友问。

“不知道，再看看吧，还要看分数啊。”忽然被点名的人只是笑得无奈，声音像是被切割成几块，被分放至不同的角落，话出口的那一刻似乎有什么变得空洞，她终于听不见自己在说话。

大多时候，人都不是自己想要做选择，而是不得不选择。

得在每一种选项里找一个转圜的余地，并且试图说服自己，相信自己选择的是正确的，最好能够凿出一个出口，好在不能承受之时全身而退。

从高一以来一直保持着的成绩，没想到高三的一次期中考考得不尽理想。那时候她对于自己有近乎苛刻的执着，明明只是掉一两个名次，却觉得所有的人都对着自己指责，像背负了太过沉重的失望，如芒刺在背，惶惶不安。

其实，对自己最失望的，总是自己。

很久以后她才明白，这是怎样的心态——不是因为不好，是因为觉得自己能够更好。

没隔多久，成绩单就寄回家里了，看似不在意的表面下却在不停深呼吸。

还是会在意。很在意。无法不在意。

父亲在晚餐时候像是不经意地随口问了一句：“你是不是退步了？”

那个瞬间有什么正在溃决。

假日，他打了视频通话过来，似乎是因为等久了，接通之后屏幕里没有人，画面是他的房间。屏幕没有面对门口，只是依稀听见门打开，脚步声渐近。画面里的影像缭乱，似乎正在移动，再来便是一个人影靠坐在床头。

是他。她顿时笑弯了眼。

扯了很多无用的家常，到最后她有些笑不开了，他只是安静地听着她说，敛下眼帘，似乎是了然了些什么，嘴角扯开浅浅的弧度，无奈地笑了。“说了这么多，其实我只想问你，有没有睡好？”

还没来得及滋生被人识破心思的窘迫，她却先红了眼眶。

她忽然想起当初和他说起自己想离岛留学的念头，那时候的情况就像现在。

“我知道你是个太骄傲的人，世界上的人太多，优秀的人更多，或许我们穷极一生都达不到那样的高度，所以我不在意你没有什么天大的本事。”他的声线一如既往地清朗，没有经过润饰，含着浅淡笑意。“何况，你已经拥有最大的本事了。”

“你要告诉自己，那么久以来的努力值得最好的。”他说。

正如在她对自己动摇之际，他会告诉她：“不够好也没有关系，因为正在变好。”

我知道的你，本不该囿于方寸之地，你尽管无往不利，我为你披荆斩棘。

你的似锦前程，我再为你添花。

“亲爱的，熬过不能选择的时候，才能选择自己想要过的生活。”他扬起她最熟悉的笑。

考前三个月，她本来和他约定好了，到她考完前都不要再有任何联络，却没想到是她自己屡屡破戒。最后反而是他狠下心：“考完试之前，你打来我都不会接，我也不会打给你。”

她心头涌上难以言喻的情绪。他是懂她的。她却忽然好心疼。

她想起他曾经说过她已经拥有了最大的本事，她现在才懂了——是他。

一个晚上，她下楼打水，却没想到竟然听见了久违的他的声音，她再凝神一听，原来他是在和自家母亲通视频。而母亲丝毫没有注意到她的出现，依旧坐在沙发上和屏幕里的人说话。

“你今天还要看她吗？”她听见母亲这么说。

看谁？她慢悠悠地走上楼梯，却在听见他的回答后停下步伐。

“今天拍张照就好了，麻烦阿姨了，谢谢。”一如往常地温润有礼。

母亲应了一声好，站起身就要上楼。她一惊，飞也似的跑上楼在自己的书桌前坐定。

没多久母亲就上楼了，她听见后头的脚步声靠近，离自己很近。然后站了几秒钟又下楼了。

她揉了揉酸涩的眼，她知道是看谁了。

考前一个月，她的老毛病又犯了。自从高三以来，大概是因为读书久坐的关系落下病根，下背会疼痛，坐着怎么换姿势都感觉不对。一开始还好，并没有特别在意，没去看医生，没想到近来又犯，甚至疼到整只右脚都在发颤。

她自己也不知道这是什么毛病，几乎要把她的忍痛能力提升到最高级才肯罢休似的。

那阵子疼得厉害，疼到想尖叫，怎么坐、怎么站、怎么躺都不对，也曾经半夜翻来覆去都睡不着，她只好认命地爬起床，一夜未合眼，直至东方破晓。

明明忍痛能力极差的她，到考前的这一个月却都没有哭——她一身傲骨，怎能为瞬息的苦痛折腰？

在接近零点的每一个摆渡都难熬，茫然今日的所为、忐忑明天的未知。

日日如此，夜夜不安。

升学考试像是一个阶段性的成年礼，满腹的墨水终于得以一吐为快。忽然有些空落。

是啊，终于要结束了。

直到第二天的最后一科结束，钟响，离开试场。

听见别的试场突然出来的考生大喊："终于考完啦！"

接着又有几个人也喊出类似的话，和着各种喜悦的笑声。她们几个人面面相觑，然后都忍不住笑了。

是啊，终于结束了。

"青春"是不是也是长大的另一个代名词？

校服、裙摆、热血、球场、社团、书包、试题、排名、升学、压力、落点分析、朋友，还有心上人。

——长大是巨大灾难后的幸存。

时间是一场冗长的闭幕式，在被烧得高温的跨度里小心翼翼地猜测每一个眼神的深意，对于每一种心思都抽丝剥茧，纷至沓来的是少男少女的烦恼。

所有人都说，这样的日子是好的。的确，那个时候，是好的。

——青春是时光里的千疮百孔。

遗憾公路

他走过香港的海滨长廊，走过北京的紫禁城，
走过布拉格的旧城广场，走过巴黎的歌剧院，
走过开罗的狮身人面像，走过东京的浅草寺——
唯独没有走过她身边。

多久不见了。

她看着眼前人的眉眼，细细描绘她每一个和过去的不同。她穿着连身洋装，头发扎在脑后，她的笑容得体不张扬，声音比起以前更醇和了，像古老的钟声在远方缓缓响起，悠远而绵长地扎根在风里。

女孩面不改色地啜了一口无糖的黑咖啡，在她看来莫名带着一股决绝的意味，仿佛走在寒风里也不怕受冻一般，然后她像是突然

想起了什么似的笑了起来，说："我今天才看完一本言情小说，我想到我似乎从小学就很喜欢看书，什么书都好，但就是特别爱看言情小说，到了现在也是。"

她似乎有什么改变，却好像什么也没有改变。

她把垂下来的刘海儿勾到耳后，继续说道："我似乎挺爱胡思乱想的，就像我喜欢看别人的爱情故事，但说实话，我的恋爱经验也没有特别多，甚至没有多懂感情这回事。"

她的指腹无意识地摩挲着咖啡杯，她依然笑着，目光没有着落，脸色带着些病态的苍白。"曾经喜欢过我的人说，得不到的总是最好。于是，他也真的放弃了我。"

她看到女孩的眼角有些湿润，差点以为她要哭了。

女孩的举手投足之间皆温婉如水，此刻却用有些淡漠的语气说："他现在也有好的归宿了，坦白说我也后悔过，如果自己不要那么挑剔，现在我大概就不用劳苦奔波了吧。"

"可能我看了太多言情小说，标准都被里头的男主角拉高了。"她自己打趣地说。

她同样骄傲、同样坚强，但她也渴望自己伪装的坚强，有一个家能够安放。

若不是最爱的，就不行。她不将就，因为她知道，唯有不将就的感情，才会善终。

他的目光总是长远，于是她开始向往远方；他的笑容总是清浅，于是她开始褪去鲜艳；他的流泪总是无声，于是她终于听不见。

那个他啊，晕在她记忆的扉页上，泛黄的折角如同枯萎的花朵，翻页过后就永无天日。

回程的时候，她看见了女孩的大学学长——她大一时候的学长。

其实她并不认识他，甚至不知道他的名字，只记得她曾经给自己看过照片，记忆已经有些模糊，但是看见他就知道——他是她喜欢的人。

她想起过往的她，比起现在要来得失色许多，只是一个安分守己的女生，永远那么安静温和——就连喜欢一个人也是，全世界都听不见她面对他时的心跳声。

她曾经拿着星座大全，和我分享她的星座如何，而学长的星座又是如何。

“学长明天的运势不错呢，幸运色是紫色。”

“这里还有星座搭配血型的分析，但我不知道学长是什么血型。”

“原来和学长最速配的星座是天秤座啊。”

她最喜欢看讲述星座的爱情的文章，但她不是天秤座。

她会笑着说学长人多么风趣，很聊得来，会和女生保持距离，打球时很帅。在听到别人说学长怎么样不好的时候，她总义正词严地反驳所有是非。

那个时候的她很单纯、很美好，学长的每个优缺点，都同样灿烂——而他说的每一句话，她都相信。

所以后来当他拒绝她的告白时，她也相信，他真的不喜欢她。

她原来也很炽烈地喜欢过一个人。

后来的课业越来越重，她的成绩逐渐下滑，逃学的次数变多了，她考虑着转学。

在这样浑浑噩噩的日子里，她想起了学长，他们其实偶尔也会用通信软件聊天，只是开头的人总是她。

她很惶然地发现，在没有重心的生活下，他几乎成为她的重心。

她不知道这是不是好事。

她终于要离开这所学校了。

她认真地回想，她上过的课、参加过的社团、同住一年的室友、系学生会的活动……其实这所学校带给她的除了一些回忆之外，好像也没有什么，最深刻的只不过就是一个人，一个从此长住她心里的人。

她在离开前和学长告白了。没有为什么，只为了不留遗憾。

她始终记得当时他的表情，脸上像是闪过惊讶和歉意，很快，她来不及捕捉，但她很确定，绝对没有愉悦之类的神情。

她突然一切都懂了。

她和学长最后一次聊天，她在手机的信息栏打了又删、删了又打，手指顿住，她才恍然发现，似乎没有什么话能说，最终她只打上一句话："我喜欢你。"

才过几秒，却像是等上一个世纪，屏住呼吸，萌芽的悸动在风里忽明忽灭。

学长回复："谢谢你。"

一句谢谢，尽管他无法承载她的一世浮沉。

最后一丝希冀被硬生生掐断，只剩下一片无尽黑暗。

车来了。

上车前，她看了一眼学长渐行渐远的身影，恍然想起了些什么，她只来得及拍了一张他的背影，没来得及问他是不是还记得曾经有一个女生，如此炽烈地喜欢过他。

后来她把他的背影照传给了女孩，什么话都没有打，但她知道女孩肯定认得出来，毕竟她记得关于他的一切。过了一会儿女孩回复了，她看着看着也笑了，却感觉有什么哽在喉头。

女孩只说："他瘦了。"

很多时候都是这样，每个人都有专属自己的光，也可能自己就是谁的太阳，有些人天生带着色彩，有些人则是黑白，却也同样向往彼此。

她视他为良人，时间却错把他当成陌路人。

他走过香港的海滨长廊，走过北京的紫禁城，走过布拉格的旧城广场，走过巴黎的歌剧院，走过开罗的狮身人面像，走过东京的浅草寺——唯独没有走过她身边。

你和你的十八未满

太晚以后才明白，那些愿意消耗时光在自己身上的人，

已经把全世界最珍贵的都赠予了自己

——那些最可贵的时间。

她记得，高中时候有几个特别好的朋友。

和她们在一块儿时，永远有人比自己更理解自己，懂自己的欲言又止、懂自己的有口无心，从来都不用烦恼欢笑会用罄。

——青春发酵的气味相同，滋生的荷尔蒙碰撞，交换以确认彼此的存在，虔诚而包容。

——其实最好的时光不过是这样。

初入学时，在班上除了从初中认识到高中同班的一个朋友之外，她还没有其他认识的人；而那个女生也是除了她之外，没有其他认识的人，以至初到新环境，两人只得“相依为命”。

不过，也是直到高中同班，她才真正见识到好友的本质：天生的开心果，几乎任何话题或是和任何人都能聊得来，总是笑料百出、说话不按常理出牌，甚至偶尔还会做出意料之外的事情。

比如有一天上课的时候，好友突然问了自己的前桌男同学一个很匪夷所思的问题：“如果有一天你要亲你女朋友的时候，突然发现她鼻头上有很多黑头粉刺，那你会怎么办？”

尽管男同学早已因为长久的相处而习惯女生思维的脱轨了，但他的表情还是空白了三秒才回答：“当作没有看到吧。”

……不知道他空白的三秒是在认真思考怎么回答还是什么。

再比如有一天，班上一个男生和好友说：“我发现你是背杀。”

然后被说是背杀的当事人就故作难过地跑来和自己的朋友们说：“他竟然说我是背杀……我以为我是正面取胜。”

然而，她记忆最深的时光，大概是在高三。

那年忙着升学，应该说从高二的暑期辅导开始，备考就正式从普通级升级为地狱级了。漫天的复习讲义飞舞，硬是要我们在考前两三个月就将前两年学习的东西重新复习完毕，接下来的日子就换成漫天的考卷飞舞，整天下来就是埋头考试。

当时的心思全放在学习上，也没有多余精力去爱美——说到最丑的时候大概就是高三了，可以夹着鲨鱼夹，如坚韧不拔的参天大树，终日都栽在考卷和讲义里。

全班的状态简直像是行尸走肉，下课时间不是趴在桌上就是在读下一节课要考的书，再不然就是去厕所。当初那段时光很难熬，现在回想起来却很美好。

遇到不会的问题就算没有老师，总有人愿意替你解答。

她想，一起努力的感觉真好——不，是太好了。

能在苦闷之中熬出甘甜也是一种幸运吧。对于她来说，一起倒垃圾绝对是其一。

高中的最后一年，她们几个人被分配的打扫工作是倒垃圾。倒垃圾的工作并不轻松，在倒垃圾之前都必须分类好，比如饮料瓶要踩扁，饮料杯上的膜要撕下来丢进专有分类，把分错类的垃圾归回它的去处……

然后就会听见各种怒吼、尖叫抑或是抱怨——“又是谁没有洗饮料杯（早餐盒）啦！”“啊啊啊好臭！恶心到我要吐了！”“不是说过要把上面的膜撕掉吗！又是哪个白痴！”……

一开始她们几个根本记不得哪个饮料杯或餐盒是班上谁用过的，也没机会拿给当事人让他自己去洗干净再丢，只得认命地帮大家处理好。后来还是其中一个女生想到在早上的打扫时间先在大家的饮料杯和早餐盒上写号码，生生降低了她们几个被气到疯的概率。

一成不变的日子，却有千变万化的满心欢喜。

当时，班上有人特别在通信软件上开了一个群组，广邀各大领域的高手来帮忙解答被丢上来的问题，但很显然……成效不大。她们几个人都被加进去了，而好友在私下的群组里很是费解地问了一句："在那个群组，我能问我的未来吗？"

所有人都笑到岔气。

升学压力的来临还代表着高中生涯即将结束，然而，更纠结的是……即将来临的18岁。

在她们几个人之中，最早生日的人在11月底。

当天不是休息日，于是除却寿星之外，她们便串通好，选了距离教室不远的厕所后方极少人走动的楼梯间，接下来便是谁负责在时间较充裕的打扫时间先冲去教师办公室拿借放的蛋糕，谁负责等到一切就绪将寿星带到说好的地点，等等。

“咦？你有看到其他人吗？”

来了。被喊到名字的她面不改色地回答：“她们好像去找班主任了。”

“哦……那你要不要上洗手间？”寿星没有多想些什么。

她们还没说准备好了啊，她瞄一眼自己的手机屏幕，没有任何信息的提醒。“我现在没有想上……”

没隔多久，她接收到信号，再装作没事一样地拉着寿星说要去厕所。

寿星有些错愕地被拖着走：“哎，你刚刚不是才说不想上吗？”

一切都很顺利。唯一没有料到的是寿星的反应。

她对着燃烧着的蜡烛许愿：“第一个愿望，希望大家都能考上理想的学校；第二个愿望……我还不想要 18 岁。”说着说着，她突然就哭了。

不想要 18 岁，不想长大。

她记得，第一次看见女孩哭，是某天班上一个女生失恋了和她们哭诉，而今天这是第二次。她知道，在女孩大大咧咧的表象下，有一副无比柔软的好心肠，看似粗神经，却有着比谁都通透的玲珑心，比谁都温热。

她心里住着一颗太阳。

——亲爱的，18 岁也好，80 岁也好，愿你无须颠沛流离，我们能为彼此保驾护航。你那些婉转心事，我们愿意为你三缄其口。

不需要掏心掏肺至死不渝，只要能够看见你。

后来所有人都抱着寿星哭了，那模样就像讨不到糖吃的小孩一样。

从来都没有意识到长大原来是这么一回事。

有些激动，有些期待，有些感慨，有些失落，原来长大是这么一回事。

她忽然想起了很多很多细枝末节的小事，而那些看似微不足道的小事却在生命里留下数不清而弥足珍贵的温暖。最难能可贵的是学会珍惜并且感恩，或许总要碰过一些壁、转过一些弯，才会明白有些人已然是最好的生命赠礼。

总嚷嚷着说想得到些什么的，以致太晚以后才明白，那些愿意消耗时光在自己身上的人，已经把全世界最珍贵的都赠予了自己——那些最可贵的时间。

他们把时光耗在自己身上，陪着一路慢慢走，陪着哭也陪着笑，陪自己从青涩少年长成沉稳大人，陪着荣辱与共……

在他们的人生里有更美好的风景能赏，却甘愿在自己途经的路上，成为风景。

无论是何种感情、何种关系，都各有各的秘密，也各有各的方向，各有各的好。

然而，最幸运的是我们各自拥有各自的秘密，却拥有彼此的时光。

平淡而欢喜。

若只如初见

正是这样的年纪。

不怕流迁、不怕迷惘，

投注整个青春与未来相搏，

赌上这一场花季，想一直在一起。

才过机场出境的闸门，她的脚步就不自觉地慢了下来，从起初的小声啜泣，到后来完全不顾周围眼光放声地大哭，脑海里有一瞬间空白，她完全不知道自己到底在做什么。

回过头，她已经看不见来送机的家人了。

刚住进学校宿舍的前几天，她一直在哭——毕竟这是她唯一能做的事。

她还什么都不会煮，只能去超市买方便食品当三餐；洗衣服要加多少洗衣液并非她的日常，对于生活事务的打理她也毫无头绪。初来乍到，她觉得所有事情都糟糕透了。

当时，还没有室友住进来，她一个人待在房间里，能做的事就是和家人、朋友及男友视频通话。

她的高中同学只是去外县市读大学就已经很舍不得了，她却一股脑儿地跑来离家几千公里远的英国。然而，她不敢让家人知道她的情绪有多崩溃，难过的时候，她就一遍遍地提醒自己，要对自己的选择负责，是她自己坚持要离岛的。

“这不是你一直以来想要的吗？你那么努力，为什么终于走到这里了却还是不开心？我不懂你为什么难过，你要记住你很幸福、也很幸运，不是所有人都有能力和金钱出去念书的。”不管说到什么，他总会绕回这句话。

他是她高中入学时认识的第一个学长，也是她的男朋友。

直到毕业之前，他们都是那种大家称羡的情侣，尽管从不在社交网站上公开，更不用说有多么低调，但身边的人们都知道他们在一起。

而在一起的后来，她想起高中一年级社团甄选社员的事，开玩笑地问他："我被选进去应该和你有关吧，不然，我这个人个性不好又一副难相处的样子，怎么会想选我进社团啊。"

她却没有想到，还真的是他一直向其他人推荐她的结果。尽管他那时又忙乐团又是班长，一堆事务要忙，却说他愿意带她。

她弯着手肘，戳了戳身旁的他，眼里满是赤裸裸的调侃。"欸，其实你从一开学就对我有兴趣吧？"

"我没有，是你先在校庆那天主动勾我的手，我才没有追你。"他一口否认，但她注意到他那泛红的耳尖，她也没有戳破他的话，只是笑逐颜开地附和着。

她和他是完全相反的人。

比如他浪漫而她冷静，比如他感性而她理性，比如他很喜欢接触人群她却讨厌认识陌生人。

而他对她的好，简直让人不可置信。他总是默默记得，在她经期前几天禁止她吃冰，也总会记得给她买巧克力。在她忙于功课之际帮她买晚餐，只要她想去的地方他都尽其所能地为她达成。他记得任何特别的节日、任何关于她的事情，以及关于彼此的回忆。

那些再细琐不过的小事，都足以为空白的青春扉页填上色彩，哪怕有一天他们终不复最初的模样，至少那些曾经不算辜负。

有他，她从不怕褪色。失或得，都曾有彼此。

他清楚她一直坚持着离岛念书。

他其实很心疼，却始终没有说，因为他知道那是她最执着的念想，他知道她很清楚自己要的是什么。她是一个太有企图心的人，所以当他知道她决定离岛念书，他说不出任何否决的话。

他知道，正是这样的她，才熠熠动人。

她始终不断地增强自己的外语能力，所有关于离岛念书需要准备的事宜，从英文检定到申请学校全由她自己包揽。到了高中二年级，她几乎是呈现蜡烛两头烧的状态，好胜心作祟之下，为了做到最好，她已经很久没有好好睡一觉了。

她为之花费了那么多精力、付出了那么多努力，他全部看在眼里——他怎么可以不支持她?

她知道自己是个非常不称职的女朋友。连生日礼物都会忘记准备、纪念日也不留意，也清楚自己脾气确实不好。他却总是说："我觉得你的个性和脾气都要改改，但你若不想改也没关系，只要你开心，一切都好。"

他所有的耐心和包容，她全部看在眼里——怎么能不喜欢他?

正是这样的年纪。

不怕流言、不怕迷惘，投注整个青春与未来相搏，赌上这一场花季，想一直在一起。

“哪怕世界将你弃如敝屣，你仍是我的全心全意，我一生的孤注一掷，只为你。”

再后来，她开始陆续收到岛外学校的录取通知书，终于卸下重担，她的忙碌总算能够告一段落，辛苦绝对是值得的。然而，她想起了那个他，又想到 8 月她将远赴英国，若有似无地叹了口气，“远距离恋爱啊……”

她早已和父母亲提过男友，爸妈觉得家庭背景各异，妈妈希望她能够多想想，说交往是一回事，但若要走得长远，甚至论及婚嫁，这就不只是两个人的事了。

她其实知道，自己的家庭虽不算富裕，但也从来不需要担心家里的经济状况。然而，他的背景却不一样，他父亲打零工、母亲开早餐店，常常入不敷出，他父母亲的教育程度都不算高，也时常为了钱吵架。

她曾经天真地以为能凭一人之力去抵抗命运，还抱持着“只要相爱，这不是什么问题”的念头，母亲却苦口婆心，不断地告诉她：爱情可以是童话，但那要在衡量过现实之后才算数。

直到多年以后，她想起他曾经问她说：“网络上流传一句话：‘千万不要在 17 岁爱上一个人，因为他会是你生命中最爱的人。’你相信吗？”

相信吗？她问自己。

十六七岁的年纪。

所有的遇见都是一场盛大的花季，从不害怕凋零，总以为浪漫天真之后，就能换来不灭的永恒。

她没有说，她相信。她真的相信。

英国下雪了，又过了一年，又是一个冬季。

她望着窗外一片白雪皑皑，咖啡厅的音乐播放着，已经换了下一首歌，她却还在想着上一首歌的旋律，或许是太念旧，她像个虔诚的信徒，总把回忆听得出神。

“已经来到这里三年了啊……”她敛下眼帘，将垂落颊边的发丝勾回耳后。

排名世界前百的学校，压力不是一般大，对于高标准的她来说，为了得到好成绩以及申请奖学金，她几乎回到了高中时候的拼劲，甚至有过之而无不及。一点都不轻松，她知道。

后悔吗？不会，她始终坚信离岛留学是她作过最正确的选择。

这三年来，所有的苦她都撑过来了。

从父亲的不支持，一直到最终的妥协；从最初的不适应，到英国成为她的第二个家乡；从一开始连煮饭都不会，到现在不只三餐，连甜点都会做了。她还是继续精进她的外语能力，假日她几乎都泡在图书馆里。

她确实喜欢旅行，但她其实没有多少假期，当别人看见她在社交网站上的出游照总会羡慕一番，却不知道旅行在她这几年当中的日子，占去的部分实在太少太少，她的精力和时间更多的是耗在课业上。

离岛前，她从来都没有想过自己这么爱她的家人和家乡。

每次视频通话的时候，父母亲就是一句话：“只要你过得开心就好了。”

她想让父母骄傲，让他们相信她离岛留学这个选择是对的，她希望父母亲都能早点退休、可以去做任何想做的事情，在金钱上或是精神上她都有足够的能力去支持他们，就像当初他们支持她一样。

她想，如果她没有离岛留学，她或许不会这么早就有这个领悟。

这些经历都是她老了以后能够回顾人生的养分，栽植她成为足够为身边的人遮风避雨的参天大树。

她知道自己拥有多大的幸运。

然而，她还是偶尔会想起当年那个笑如暖阳的少年。

想起他告诉她，他家的经济状况连张来回机票都买不起、想起他们的生活圈越来越没有交集、想起他们的感情在远距离，以及一次次的分分合合里愈渐淡薄，也想起当年连牵手都会脸红的青涩。

她不止一次地想，若是当年她没有离岛，他们现在还会好好的吧，就像以前一样。或许。

现在，他们都各自有男女朋友了，也各有各的生活方向了，但他们还是会联络，像普通朋友一样地和彼此分享近日的趣事，气氛融洽得像极了当年的年少轻狂。

他总会开玩笑地和她说："等你硕士念完，如果回来我们都还单身，就复合吧。"

一说到这个，她只是笑笑却也不多说什么。

她知道，有些事情和有些人，注定了擦肩而过只来得及匆匆一瞥，记忆还未及回笼就已经被淡忘，而她还是学不会圆融地去释怀。她怕红烛相伴到天亮，却看不见地老天荒。

时间不会心软，她已经没有回头路。深夜里的茕茕孑立，终于铺成朝思暮想的锦绣前程。

谁的晴时风光，谁的雨后心伤。

她始终记得，那个如光一样的少年，她曾经的他。

她终于可以回答当年他问她的那个问题了——没有他，她的青葱岁月便失所附丽。

世界在你眼里流亡

光阴荏苒，他们见证了当年与彼此道别的青涩，
那是最初翻涌上岸从此搁浅的年华，
那是曾经狂妄张扬的无悔岁月……

“你就和老师的小助手一起练习吧，他会教你的。”

这句话，大概是她噩梦的开端。

那年暑假，她和他进了同一个补习班，那是他们的第一次交集。补习班有一间教室，摆了四张桌球桌，大家都会在下课的时候去那里打桌球，甚至还有桌球课。

她站在球桌前，对面站着没有表情的他，他的眼神很凶——至少她是这么认为的。在她成功发球过网后，没有意外地被他一记杀球出局了，她顿时整个人目瞪口呆。

“再来。”他冷声道。

她快吓哭了。

她很怕他。

她始终认为他是讨厌她的。至少在五年级之前，这样的认知没有改变过——只要想起每次一起打球时他那吃人的模样。

后来五六年级分班，她和他成了同班同学。

但就连她也没有想到，他们后来竟然成了朋友。像是两条平行线突然有了交集、天平有了倾斜的角度，他们开始和彼此说话，开始会一起讨论作业，开始有了共同的话题，可以从南聊到北。

甚至在六年级的时候，他们成了同桌，整整一年。

同桌之后，她总觉得，收到的羡慕眼光越来越多了，甚至带着嫉妒的也有，而那些眼光全部来自班上的女生。她是老师的小帮手，帮忙收作业或是联络簿等，她偶尔会装作不经意似的故意将自己的簿子和他的放在一起，她把这样的“巧合”控制得很好，也因此，这点小心思，从来都没有人发觉。

中午午休的时候，全班都趴在桌上睡，她会装作不经意地闭着眼将头枕到另一只手臂上，那是张开眼就能看清他有多少睫毛的距离。

最稚嫩的怦然，最单纯的心机，最美好的光景……最心动的少年。

有一回下课时间，他伸了个懒腰，然后很自然地将自己的手臂放在她的椅背上，她本来只坐 1/3 的椅子，背部挺直，余光见着此景，又装作不经意地将背缓慢靠上椅背，那姿势像极了他正揽着她的肩——如雷的心跳，她想此刻自己的脸一定很红，却要故作镇定。

她不敢去看他，心里却全部是他。

“我放学要直接去补习班，要不要一起走？”他朝着她露出他一口白牙。

“好啊！好啊！”她猛点头，笑弯了眼。

光阴荏苒，他们见证了当年与彼此道别的青涩，那是最初翻涌上岸从此搁浅的年华，那是曾经狂妄张扬的无悔岁月，那是后来镌刻在面容上，被弃置的、无法遗忘的、逝去的、深沉的年少轻狂。

他渗入了她的生活。

她知道他很有体育细胞，她知道他原来很风趣、很好相处，她知道他在班上的人缘很好，她知道他被很多师生喜欢，她知道他的一些大小事，她知道他的家境不错，她知道他自己可能也不知道的事，她知道他的事有太多。

她也知道，他是一个生活得太好的人。

后来她没有和他读同一所初中，却搬进了和他同一个社区。恰好住在他家后面，更恰好的是，她的房间正对着他的房间，从她房间的窗户看出去就是他的房间。

他不知道她就住在他们家后面，更不知道只要他打开窗户，就能够看见她。

有一回他正在更衣，她正好抬头对上他看过来的目光，她一惊，整个人躲到窗下，缓过气，拍了拍自己的胸脯，眼神却还是不自觉地想往窗外瞟。“他应该没有看见我吧？”这简直比电影还刺激。

她感到窃喜，因为只有她这么靠近他、这么贴近他的生活——尽管她有时候甚至会觉得自己这样像极了变态。

只有她知道他的房间哪天被他摆设成什么样子；知道他喜欢在洗澡时大声放歌；知道他没有睡在自己的房间里，因为房里的灯在他洗完澡后就没有再亮起过。

她知道他的所有事，还知道他不知道的事。

她心里藏了个天大的秘密。

后来他没有继续补习了。

他们的交集越来越少，顶多是偶尔出去倒垃圾时会遇见然后相互打声招呼，直到 5 年后她要搬走时，他都还是以为，她只是帮着她母亲的公司倒垃圾。

她母亲的公司也在同一个社区里，因此也恰好让他有了这样错误的认知。

她至今还记得，在搬走后他们的再次遇见，他得知原来她一直住在他们家后面的事，那惊讶的表情。

她笑了。她想起他后来交了女朋友，他问她过得好吗，她回答："我每天都在笑啊，你猜我开不开心？"其实她也不知道。

他读懂了她的表情，却没猜中她的心事——都和他有关。

在他面前，她终其一生都只能是哑巴了，但只要一想到那些心事都维系在他身上，就已经足够欢喜。

是喜欢吗？是喜欢吧。

或许那时候还不懂什么是喜欢，偏偏当时拥有的都是最纯粹最干净的怦然——只是看见他就满心喜悦，手足无措却还要假装镇定，要摆出一副很酷的样子，他才会注意到自己。

当时还在流行手写信，挑选信纸，可以折成各种样子，没有任何装饰，只有淡淡笔墨的味道，可以写上所有的心事，把自己的心情寄给他，让他看看自己看见的风景，让他知道自己走的路始终是向着他。

写信的人想象收到的人会有的表情，等着收信的人小心翼翼地打开信纸。

当时的彼此是那样单纯可爱。

自从她搬走后，他们的联系也越来越少，到现在也只剩偶尔的留言才能意识到彼此的存在。他们之间靠着这种几近艰难的方式维持着日渐单薄的情谊。

一直到现在。她不再了解他的一举一动，她再也不知道他的所有事情。

她却仍旧无力改变现状。

他过着新的生活。

他去了海岛玩。

他感冒了。

他考上了离她很远的大学。

他交了女朋友。

他是她的一腔心思，魂驰梦想，却不得见他。

她把生活细细揉碎，才发现千百种姿态里都是他的模样。

她不敢承认自己喜欢他。

细数那些长途跋涉的日子，她花了 9 年让自己喜欢他，也花了 9 年确认自己真的喜欢他。

她花了 9 年等他长大成人，从稚气到沉稳，步步走出了一条属于他自己的康庄大道，她是看着他这样走来的。认真地只专注于他，让她忘了看一看自己的成长痕迹。

然而，她也花了 9 年，让他走向了别人。

是最难以忘怀的那个人。

终于被这染满尘埃的世界提炼成无法成全的圆，抚成了与其他人没有差别的容颜。

只依稀记得，贯穿整个四季的那个人，被谁的追逐眼光浸润成最无法自拔的悸动。

时光渐深，而他未曾老去。

是他。

被拉拔、被渴望，绕了一大圈重整归零，原来他一直在，还是那样一个他，岁月静好、年华渐老，他仍旧站在回忆深处最显眼的地方。

所有的景色好像都还和昨天一样，她却明白早就回不去了，就像自己再也找不回当时的表情，只能哀悼被时间祭奠的过去，然后想象着那个在自己青春里占去大部分空间的他，哪天会站在自己面前，然后笑着对自己说一声，好久不见。

——你知道吗？我终于敢承认我喜欢你了。

——你知道吗？我也终于错过你了。

人山人海终于失去你

原来每一次的转弯都是有意义的。
错过他的眼光，错过他的神采飞扬，
错过他的黯淡绝望，也错过他的刻意遗忘。

“他们在一起了。”

眼前人这么说，她的语气甚至可以用平静来形容，和往常一般淡如水，或许是因为阳光太刺眼，而她笑得太自然，以致到离别前，旁人都没有读懂她的云淡风轻。

“‘他们’是谁？”

“是我的前男友和最好的朋友。”她说。

两个女孩是从小时候到现在的好朋友。

她们看着彼此一路成长，她们也有过争执、有过冷战，吵吵闹闹地走来，她们都已经不是过去稚嫩的小女孩了，但感情始终如一。

她相信着另一个她，当然相信、非常相信——她们是多么要好的朋友。

有一回，她陪着男朋友去理发时，好友也在同一间发廊当学徒，见面后才知道原来男友和自家好友早就认识了。难掩惊讶之余，她仍笑着撑过整场。

她和男友在一起将近 5 年，如同所有的女生，她也毫不避讳地将男友介绍给自己的朋友认识，尤其是她最好的朋友。然而，在当年的理发事件之前，她分明记得自己还未将男友介绍给好友认识，或许只是恰巧？她敛下眼里那一丝看不透的情绪。

她信任他，当然信任他、非常信任——他们好不容易从疾风暴雨走到了和风细雨，一路风雨同舟。

时间一久后大家也变得熟识，甚至偶尔成了三人行的组合。

“或许是男友和好友星座一样、喜好一样，才有那么多话题可以聊吧。”女孩总是这样想，尽管心里莫名的妒火正在疯狂酝酿。但她知道啊，没有人比她更清楚了，好友无论喜欢谁，也不会喜欢自己的男朋友，毕竟她喜欢的是女生。她怎么可以怀疑自己的好朋友。

自家男友和自家好友有相似的兴趣，甚至还恰好是同样的星座，总是很聊得来。

她的男友曾经称赞过好友很漂亮，也很喜欢反问她，那他帅不帅。大概是因为当时好友喜欢的不是男生，她显得很尴尬，支吾不出半个字，只是随口应了一声。女孩的男友就会说，再帅你也看不上眼吧。

当别人问到她会不会后悔将男友介绍给自己的闺蜜时， 她的一句“不知道”，声音像是从遥远的空间传来，在碰到空气时迅速蒸发。

男朋友因为买了车，手头很紧，她为了帮他分担打了两份工。但是男朋友不知道，而她也没有让他知道。她太了解他了，以他的个性，肯定会觉得没有面子，更不用说愿意接受了。

因为打工，她再也没有太多时间陪男友，但男友只是开始觉得女孩不够在乎他，而她总是笑嘻嘻地哄着、说着其他话题掩饰过去，却始终没有说出实话。

女孩忙碌的时候，男友就是陪着她的好友约会、吃饭。有一次她下班，男友来到她打工的地方接她，但坐在副驾的却是自家好友，笑说他们想一起给她惊喜。她坐进后座，听着前座的两人聊得欢天喜地，咧了咧嘴，却笑不出来。

原本喜欢女生的好友，突然对男生不那么排斥了。她知道啊，爱从来不分性别，她只盼好友能够幸福。

她忽然想笑，没想到这么狗血的电影情节，还真的让她遇到了。明明都在一起那么久了，差点就要度过七年之痒了呢。“差点呢……就差一点。”她闭了闭眼，手指攥紧了衣角。

有一天，好友提议要去泡温泉，找了好多个朋友，说要一起泡大众池。她是有些抵触的，她知道自己皮肤会过敏，大众池之类的一向是她敬而远之的事物。她提出了异议，但连男朋友都跟着指责她不合群。

她深吸了口气，毕竟她也不想当着所有人的面拂了男朋友的面子，她甚至注意到了好友那张铁青的脸，勉强弯了弯嘴角，只得低声和所有人说抱歉。

不料，当天下午却开始下了大雨，雨一直没有停直到晚上，露天温泉的行程只得取消。

房间里，男友去洗澡了，女孩闲来无事地看着电视，听见手机的提示音，她先看了自己的手机，没有任何信息显示，探头看放在床边柜子上男友的手机，信息框显示的是好友的信息。

这个时间?

她看向浴室，里头还传来水声，她抿紧了唇，几乎是鬼迷心窍地把屏幕解锁，她突然有些不敢看内容。

对话记录跳了出来，越看，她的眼睛越睁越大，心脏一阵阵紧缩。

句句煽情、句句调戏，句句都是对着她的闺蜜说。句句皆如刀割。

女孩看完那些对话记录，趁着男友还在洗澡，就自己收拾好行李，叫车回家了。两人仿若无事一般，对于当晚的事都绝口不提。她想，男友肯定也有所察觉了吧。

后来她找了一天，约男友出来谈分手，在他面前烧光所有他给的卡片，男友就在一旁看着她的一举一动。他笑得嘲讽，拨通了电话，和她曾经的“好友”说她是神经病。

她现在手机上的解锁屏幕已经从两人的合照换成了手机内置的风景照。

她扪心自问，能不能原谅他们的背叛，她也知道自己的答案。大概永远不能吧。

不能。大概。

她经历了一场洗礼，就像那句“原来人是在一夕之间长大的”，筛出所有悲伤的成分，脱胎换骨。

以爱为名，以痛为期。

她该像电视剧里的主角，狠狠砸东西，再狠狠哭一场，她可以冲去找前男友，狠狠骂他整个下午，把5年来的那些回忆全部砸到他身上，霸气地说一句你的人生我不奉陪了。

她大可以这样做，但她没有。她只是安静得像在看一场没有主角的哑剧，瞳孔没有任何焦距。

没有呐喊出声的，都是荒腔走板。

原来每一次的转弯都是有意义的。

错过他的眼神，错过他的神采飞扬，错过他的黯淡绝望，也错过他的刻意遗忘。

他们都说，到不了的地方就是远方，追不到的目标就是幻想，那是不是，得不到的就是失去？比起成为她的得不到，他是不是更甘愿成为她的失去？

——每一次的转弯，都在铺陈“她终于失去他”。

回忆没有提防，他站在汪洋彼岸等待谁的眼光，她还在大风大浪中，而他已经找到了灯塔的方向。她的似海情深，原来都深不过人心。

人山人海里，她终于失去了他。

辑二

日安，
和煦阳光中春风般的你

曾经路过万家灯火，

见证一次次文明的兴衰

和声色犬马的年代。

后来终于有了最深的城府

和最无忧的牵挂。

望眼欲穿，都是他。

听说时光记得你

我走过最好的路，是从你的念念走到不忘。

你手捧玫瑰，迎风而立，

多年情深，像捧着我的全世界。

有你的日子，冬渐暖，恰逢雪正融。

翻着那年夏天的照片，翻着翻着，翻到了当时在普林斯顿大学拍的照片。她这才记起当初本来的行程并没有这部分，是后来要从华盛顿特区回到纽约前又顺道去了新泽西州。

他们从学校的一个入口进入，普林斯顿大学真是大，非常确定他们留在这里的时间绝对不够走完整个校园——完全懂了，为什么那些电影里会有骑着自行车绕校园的场景了。

在这里停留的时间并不长，每一栋建筑的每一面墙壁都美得让人流连忘返，他的怀里揣着他的单反，却始终没有拿起来拍过任何风景。和他相反，她拿着相机，一路拍建筑风景，硬生生地填满了相机的存储器。

不远处的一栋建筑前，有一对新人在拍婚纱照，旁边还有不少人在围观。

她拉着他凑过去看："我猜他们是这里的校友。"

他漫不经心地应了一声，然后问了她一句："你喜欢这里吗？"

"喜欢啊，这里很美。"

"好，那以后我们也来这里拍。"

"拍什么？"她的思路还没有转过来。

"婚纱照。"他微微低着头看她，眼里溢满了温情，笑得春风和煦。

她又停下来拍照，然后指着刚刚抓好的位置，对着他说："你去站那里，我给你拍照，然后再换你帮我拍。"

她低头调着相机，只听见他忽然说："我已经不是第一次来这里了。"

她恍然点头，这才明白他不怎么拍照的原因。

"但这是第一次和你一起来。"他背对着太阳，像是逆光而行，阳光不情不愿地勾勒出他的轮廓，她看不清他的表情，“所以……两个人一起拍不是更好吗？”

她霎时愣住。

他叫什么名字、他的身家背景、他的学习经历、他的个性、他的一切，有很多可以形容他的词，但此刻想什么都是枉费，只有一句话能够概括——他是她的心上人。

他是她想好好珍惜的人。

★★★

回台湾的那天是晚上。

机场里依旧人来人往，有人热烈拥抱再亲切问好，也有人含泪道别再步步回头。

匆匆步伐被卷进人流里，嘀嗒之后再也掀不起一丝波澜。

办好一切手续后，两人往登机门走。

那是一个岔路，上头的标示牌清楚地标示着哪些登机门在哪个方向，路的左右两边，都是免税商店。他们看看还有时间，便选了一个方向慢慢逛。甚至还有热心的专柜小姐和他们说，往哪边有星巴克，还有哪里有什么，等等。

“我们去买杯拿铁吧。”他说。

其实比起拿铁，他更倾向美式，只因他知道她的所有喜好。

后来绕到星巴克，却发现已经打烊了。在走回来的路上，看见一间还开着的小咖啡厅，最后他们买了一杯冰拿铁。走回登机门，才喝几口他就从她手上拿过拿铁，顺手放在一旁空着的椅子上，轻声道：“晚上了，别喝太多，上飞机会睡不着。”

“我喝咖啡不会睡不着啊。”

“我知道，但我还是担心你睡不着。”他垂下眼帘，睫毛细细密密的，遮住他此刻的神情。他拿出一张纸巾，仔仔细细地替她将她手上因为捧着冰拿铁而留下的水渍擦干。

登机之前，那杯拿铁已经被他喝完了。

她忽然想起，她甚至不知道他是从何时开始养成喝咖啡的习惯。每当问起，总是被他云淡风轻地带过：“喝久也就习惯了。”

她知道他晚上喝咖啡会睡不着，但他将那杯拿铁喝完了。

在排队等着登机时，她笑着问，他这次怎么会和她一起回来。

“不知道，还挺冲动的，但主要是想陪你过生日。” 他眉目柔和，眼里有着明晃晃的笑意，细细碎碎，洒在每一寸她所能目及的角落。

突然，她想起之前偶然看见法国作家安德烈·纪德在《窄门》（*La Porte Étroite*）里的一句话："为了你，我把人生的高度设得那么高，以至于人间所有乐事对于我来说全是失落。"

"你要我别来送你，我只好和你一起走了。"他笑道。

她只记得，在喧嚣的人群里，他轻浅的声息特别动听。

将近年末，迎来了他的生日。

算好时差、掐着整点拨通了视频通话，他的感冒似乎好多了，纽约的零点，他手边还摆着笔记本电脑，卷起的毛衣袖口和桌上的马克杯，而他就坐在椅上，一尘不染。

她看得恍了神。

笔记本电脑的屏幕上跳出了许多信息提醒，甚至还有通话或视频通话的邀请，他一一点了拒绝，侧过脸，视线才和她相会，弯了弯好看的眉眼。"我在等你。"

"生日快乐。"她朝他绽开笑容。

他的唇角仍然保持着上扬的弧度，漂亮分明："我唱首歌给你听吧。"

他带着笔记本电脑走到了客厅，客厅里摆着一台钢琴，他在钢琴前坐下，他的手很好看，骨节分明，大概是天生就适合学乐器吧，还坚持了这么长的时间，学到现在这么好的程度——不像她自己，要学还学得乱七八糟。

他只是唱了开头，她就鼻酸了。

...Cause all of me

Loves all of you

Love your curves and all your edges

All your perfect imperfections...

...The world is beating you down

I'm around through every mood...

曲终。

“我想戒咖啡了。”她说。

“好，我给你买可可。”

“我们再搭地铁去走一走。”

“好，要去哪里都可以。”

“我们再搭渡轮去看自由女神。”

"好，这次只买一包爆米花。"

"我上次没有买到我喜欢的那条手链。"

"好，我们再去买。"

"我好想你。"

他忽然笑了，却垂着眼没有看她，他的笑里带着浅浅无奈。

他声音低了下来，混着点夜晚里的沙哑说："我真怕你哭。"

曾经路过万家灯火，见证一次次文明的兴衰和声色犬马的年代。

后来终于有了最深的城府和最无忧的牵挂。望眼欲穿，都是他。

她走过最好的路，是从他的念念走到不忘。

他手捧玫瑰，迎风而立，多年情深，像捧着她的全世界。

有他的日子，冬渐暖，恰逢雪正融。

几岁年纪，她知道自己不是自以为浪漫地相信所谓的一生一世一双人，只因为相信他——相信眼前的这个人。

幸好，岁月对她最好的宽容，是在刚好的年纪，没有错过他。

我把余生的欢喜都给你

他不是她的爱人，

是她生活里的一部分。

如果说人生是一场兵荒马乱，

那他就是她的劫后余生。

“原来你在这里。”

他就坐在庭院的秋千椅上，手上拿着一本书，闻声回过头，看见是她，他笑着朝她招了招手，轻声道：“过来。”

眼前的场景仿佛再熟悉不过，岁月呼啸而去，模糊了当年的稚嫩，所有陈旧的春光如同被拆封一般翩然而至，大人们的呼喊、成群孩童的笑闹、烤肉的香味，阳光太美好。

独有一少年，眼里的春夏秋冬尽是她的人间万象。

她在他身边坐下，眼见还有空间，就往他身边挪了挪，半个身子都倾向他的方向，想看一眼他手上的那本书是什么，没抓好平衡就整个人往他身上倒。他没有什么反应，只是放下本来交叠的双腿，她很顺势地直接躺在他腿上，矫了矫姿势，最后直接蹬掉鞋子把脚提上秋千椅，干脆平躺。他的书放得很低，悬在她的视线上方，她用手指往上撑了撑，终于看清了书名和简介。

忽然想起他那一整面墙的大书柜，那些早期的童话故事书都已经从他的书柜上撤下了，换成了年少时候喜爱的福尔摩斯系列，几乎集了全集，还摆在他的书柜上。

他的闲书其实不算多，除却非英文书之外，剩下的大部分都是专业书籍，尽管留有适当的空间，甚至还有些装饰或是小盆栽之类的小物，但那一整面墙的书还是让人看得眼花缭乱。

她记得，他曾经和自己说过一本推理小说的剧情，条理分明地列举出案情和线索，加上他自己的分析，她已经记不得他当时到底说了些什么，只记得他翻着书页的纤长手指，只记得他说话时嘴唇一张一翕地动，只记得他被头上灯光照亮的侧脸。只记得他无论是什么表情、有什么举动，在她眼里，都像在发光。

“这是推理小说吗？”她问。

他低低应了一声，突然移开挡住她视线的书，她在猝不及防之间撞上他看下来的目光，他伸出手替她拨开了额上的刘海儿，又用手顺了顺披散在他腿上的她的发：“是不是头发又长了？”

“对啊，更讨厌吹头发了。”

他听着她抱怨似的话突然笑了，像繁花盛开在花朝月夕，万紫千红，美得不可方物，好看得像一幅流动的画。

她看着他笑，抬手遮住他的眼睛，感觉到他的睫毛刷在掌心上，有些痒。

他把她的手拉下来，蓦地在她掌心里落下一个吻——好麻，像是触到电流一样，她几乎是条件反射地想把手收回，却被他一把抓住，指腹在她的掌心摩挲一阵，似乎是想替她把麻痒除掉。

然后收紧，成了十指紧扣。

她直愣愣地朝着他笑，突然坐起身，用仅剩的一只手揽住他的脖颈，头就靠在他肩上。他也没有放掉握着的那只手，用自由的那只手轻拍她的背，像极了哄小孩的姿态。

“怎么了，嗯？”他的语气轻得不可思议。

“没有，只是想抱抱你。”

她忽然想起在高中的时候，忘记为什么进了急诊，那时候他已经上了大学，也不知道是家里的谁和他提起自己住院的事，没隔几天，她就在病房里看见了他……这速度和效率快得她都要以为航空公司其实是他家开的。

“你怎么来了？”她没有觉得这次住院是多大的事，他却风尘仆仆地带着行李跨海而来。

“我放假了。”他云淡风轻地带过这个话题，替她掖了掖被子。

“但你不是要去进修吗？”眼见他似乎想避过这个问题，她硬生生吞下盘旋在心头上的疑问。

她刚想拿起手机，他就把手机夺了过去，“别看，伤眼。”

她刚想打开电视，他就把遥控器夺了过去，“别看，伤眼。”

她顿时哑了口。

“看我就好。”他伸手覆住她的双耳。她一开始以为他只是玩笑的语气，却没想一抬眼，他的额头就靠上自己的，他很轻地叹了一口气，“我也会害怕。”

“我也会害怕。”她眨了眨眼，只五个字就让她眼角湿热。

“有时候，隔着屏幕我会想，和你相处的时间都不够了，哪有多余的时间和你吵架。”他低笑了一声，又接着说，“花了十多年陪你长大，我有耐心，但只要一想到人生太多意外都让人措手不及，我就觉得余生太短。”他低垂着眉眼，她看不清他的神情。

“所以我来了……没什么其他的想法，只是想来看你一眼。”

我的余生。

“只是想抱抱你。”

只是突然……有些难过。

总归日短心长，那些聚少离多的日子，太多想去的地方来不及去、太多想一起做的事来不及做，那就这样吧。只要是和他就好，就看着他，什么话都不说也好，有他的日子都很好。

他不是她的爱人，是她生活里的一部分。

如果说人生是一场兵荒马乱，那他就是她的劫后余生。

★★★

小时候，并不常去博物馆或是美术馆之类的地方，直到近几年去了美国“9·11”国家纪念博物馆。

一进馆，所有的血液像是冷冻了一般，只有绝对的安静和绝对的沉重，还有弥漫在空气里那抹散不去的悲伤。建筑及物品的残骸，罹难者、幸存者或是救援人员的照片，媒体、逝者、亲友的录音或是录像的记录。

一瞬之间的花火，漫天的新闻报道震惊全球，所有人都难以置信。

撕心裂肺地、沉甸甸地，压在心头上的窒息。

她走进一间开放式的房间，中间摆了几张沙发，空间不大，除却坐在沙发上的人们，大部分的人都是站着的，表情同样沉静。里头没有灯，只有几张照片挂在墙上和正在重复播放的影片和录音。

已经不太记得内容了，只记得连呼吸都如履薄冰。

难以消化的当头棒喝。

这是距离平安喜乐最遥远的断层，如同距离他们的生活——本该是这样，原以为是这样。

在馆内走了很久，直到走到一面墙前，上头写着罗马诗人维吉尔的一句话："日夜都不能将你从时间的记忆中抹去。"（"No day shall erase you from the memory of time."）

眼眶突然一热。有一双手从身后覆上她的眼，完全将她的视觉和外界隔离。他的声音仿佛来自灵魂深处，在她的耳边破碎：“如果难过就不要看了。”

他的声音似乎在隐忍些什么。她正要开口说话，他却反手将她拥进怀里，扑面而来的是他的气息，隔着一层布料，她听得见他此刻的心跳。

一瞬间她像是知道了些什么，不是大胆的猜测，是呼之欲出的答案。

“你有看到，对吗？”她伸手环抱住他。

“嗯。”他从喉间溢出一个单音节，沉默了几秒又道：“虽然离得有些距离，但是……我看到了。”

还是看到了。她环抱着他的手蓦地收紧。

“当时年纪还小，我不记得了。”他的手覆上她的后脑，很轻地揉了揉，“现在没事了。”

他其实没有忘记，她知道。那些画面是日夜纠缠的梦魇，爬不出深渊的嘶哑叫嚣。

某种情绪在胸腔里膨胀，像霎时之间就要冲破屏障似的，几乎承接不住地溢满出来。她没有说出口那几乎要灼伤胸口、热辣辣的心疼——没事了，真的没事了。

她不太会安慰人，只得学着他当初那抱自己哄小孩的姿态，轻拍着他的背。

她也不太会说安慰人的话，只得沉默地听着彼此的呼吸声和周围人来人往的脚步声。

“走吧。”他松开抱着她的手，手很自然地再牵过她的手，一张一合，十指紧扣。

她用余光看他，却见他的神情依旧如初，仿佛刚刚的情绪起伏只是错觉。

他已经很习惯地慢下速度配合她的步伐，走出馆，她晃了晃两人交握的那双手，他侧过脸看她，投递给她一个疑问的眼神，“嗯？”

“我们去买冰来吃吧？”她朝着他笑，加大了手臂摆荡的幅度。

“好。”他也笑了。

她知道自己是一个非常矛盾的人。

尽管平时表现出来的大多是理智和冷静，那些难以说出口的纠结和感情用事也都只敢在心里发牢骚。她还知道自己在某些方面几乎算是笨拙，不怎么会安慰、不怎么会放低身段、不怎么会撒娇，更不怎么会说好听的话。

她太好面子，哪怕下一秒后悔不已却也不肯服软，典型的闷葫芦和吃软不吃硬，她有她的脾气、有她的鸵鸟心态，也有她的不自信，只会笨拙地捧着一颗赤诚的心和他说：余生交给你，请多指教。

她忽然想起那部小说改编的电影 *Lolita* 里的一句话："他可以褪色，可以枯萎，怎样都可以，但只要我看他一眼，万般柔情便涌上心头。"

一眼铭心，一生刻骨。

比爱更难能可贵的是理解。

——他理解她别扭的安慰，甚至欣然接受。

幸好是他，一路温柔相待。

哪怕他拥一身料峭入怀，她借南风度他春暖花开。

你在的城市放晴了

多好，里头有一个他。

踩着一地从容，横跨半世纪的空白，

原谅她始终不如李白高明，

终于将他的眉眼捞成了一辈子的牵挂。

“我叫你别来了。”

咔嚓一声，只剩下空洞的嘟嘟声，言犹在耳的是他略带不耐烦的语句，电话被挂掉的同时，像是被灌了柠檬汁似的，心脏有些泛酸。

“我在机场了。”她还没来得及把这句话说出口。

敛下眼帘，深吸口气，重新迈出的脚步却不如先前的自信。

那……你会来见我吗？

当时，他并不在她身处的那个城市，后来是他的姐姐来机场接她。

姐姐在车上笑着和她说：“其实我们全家都知道，他有一个朋友来找他，我妈说不放心你一个女孩在外，不如住我们的老家吧？”

闻言，她的脑海里却闪过他含怒的脸。

他姐姐看见她脸上一闪而逝的尴尬，似乎是了然了些什么，善意地笑道：“不然，你先来住我家吧。”

在他回老家之前，姐姐带着她逛了很多地方，也聊了很多，他们家的事、她和他的事……还有很多，有关于他的事。她看着他姐姐的脸时，总忍不住走神，他们笑起来真像啊。

“其实你不用担心他会生气，他这个人啊，就是刀子嘴豆腐心，知道你要来，他还特别要我好好照顾你。”

“他生气的原因大概是你一个人来到这里无依无靠的，怎么就这么不听劝。”

“他会生气只是因为担心你。”

她面上闪过一丝不可置信的愕然，只因为担心自己，是真的吗？

下午待在咖啡厅时，姐姐突然说：“还好你是 18 岁时，才做出这种‘为爱走天涯’的冲动事，真勇敢，而且还是你第一次搭飞机呢。”最后她有些感叹地说道，“我到了现在这年纪，也都不敢尝试啊。”

她大抵是有些尴尬，支支吾吾地想辩驳些什么。

“哎呀！”他姐姐不甚在意地挥了挥手，看着她的眼神却带着赤裸裸的调侃。“只身一人来到陌生的城市，只是为了见另一个人，这很明显了啊，还能为了什么？”

还能为了什么？

就连自己都不知道哪来的勇气。

几天后，她和他姐姐等着他来载她们回老家，直到看见他带着炫目的笑容开车过来，她心里空落的那块似乎在顷刻之间被填满了。

她知道她赌赢了。

晚餐时，她听见他在厨房里和他母亲说：“妈，留一碗面别放辣，她不吃辣。”

“她不吃辣。”这是连她好友偶尔都会忘记的事，他却记得。

睡在他老家的屋檐下，见过他的家人和亲朋好友，就好像她终于走进了他的世界。

多好，她的世界里头有一个他。

踩着一地从容，横跨半世纪的空白，原谅她始终不如李白高明，终于将他的眉眼捞成了一辈子的牵挂。

倾盆大雨，唯他晴空万里。

没有任何她担忧的嚣张跋扈，之后的几天，他带着她四处走走，他走到哪里就会和她提及该地人文历史，还有他小时候在此地发生过的事。看着他说得神采飞扬，她偶尔走神，他脸上的轮廓沾染了些许怀念，面目呈现放松的慵懒姿态，眉梢全是轻快笑意。

这是他长大的地方。她将眼前的景色都小心收拢——她把关于他的都妥善收藏。

他们走了一座小桥，那座桥是用石头搭建起来的，中间有很多缝隙。

“走慢一点，小心掉下去。”他在上桥之前先出声提醒。

“上次来是小学的时候了，我很怕掉下去。”他自己说着说着也笑了。

她笑他：“小学时候的你还比较勇敢。”

“因为那次是我闭着眼睛抓着老师的手过去的。”他坦白。

她差点想伸手去牵他。

走到桥的尽头，他们遇到了一个很友善的老人，老人说了这座桥的故事，也说了，这座桥叫“情人桥”。

咯噔一声，她的心里有一处倾塌，压在上头的是莫名悸动。脸颊有些烫，她不敢去看他的脸。

她不知道是不是自己想多了。

下午，风起了。

他带她去了他从小到大的秘密基地，路上，他们买了两个风筝。

她很是不解，问了到底要去哪儿，她完全不会放风筝啊。

闻言，男生只是笑，故作神秘地吊着她的胃口。“等等你就知道了。”

他带她来到了一大片草原。

放眼望去全是一片绿色，罕见人烟，能听见的是风的呼啸，还有青草的味道。这里的空气简直清新得不得了，映入眼帘的景致美得如同动画做出来的特效，令人窒息。

她懂了，他为什么会将这里当成自己的秘密基地。

她照着他教她的方式，试图让风筝成功飞起，却总是失败。

在看见她的哭笑不得时，他也倏地失笑，将自己手中的风筝给了她。“你放我的试试吧，我帮你。”

两个人一起拉着风筝那根细线，跑在草原上，眼见风筝成功高飞，她开心地大笑。

眼见风筝飞得很顺，他松了手，让她一个人操控风筝，只是没过一会儿，风筝就像是闹脾气似的，缓慢掉了下来。看着女生错愕的表情，他笑得开怀，调侃她：“这种事还是需要天分的。”

她想，她真的天生不适合放风筝。

后来她也不挣扎了，认命地等在一旁看着男生放风筝，只是拿起手机拍下他的身影，仿佛成了他的专属摄影师。

他拿着风筝走近她，在她身边坐了下来，“这里很美吧？”

她点头，认同他的话。

“我想以后就要住在像这样的地方——后面是绿色草原，前面就是蓝色大海，我要在这样的地方盖一个房子。”

她安静地听他说着未来蓝图，而他眼里的暖色，恣意了她整个夏天。

开学后，她回到了学校，她最近找了一份打工的活。她知道，店长总会在早晨的固定时间打电话叫醒他老婆，无论当时店里多忙碌。

每天、每日，从不厌倦。店长和他的妻子已经结婚五年多。

她想，要是有人问她，她觉得最动人的情话是什么，她肯定会回答："早安和晚安。"

有一次台风天的晚上，她接到了他的电话——这是分别后他第一次主动打电话给她。

一听见那头的声音，她就知道他似乎喝多了。

"你是谁啊？嗯……是那个谁吗？"他说得很模糊，她听了好几次才听明白，原来他喊的是自己的名字。

她耐心地应着他的话，像哄小孩一般，却没有想到电话另一头的人，说着说着忽然就哭了，"我很想珍惜你啊，可是你都不知道。"

她听着他的话整颗心涨得酸软，她现在忽然很想见他。

她轻声道："我们见一面好不好？就明天，我去找你。"

她想确定，这一次是不是……和她想的一样。

她是第一次坐男生的摩托车后座。她很紧张，紧张得不知道要把手放在哪里，最后只小心翼翼地搭在他肩上。

好几次红灯，车停下来，他都会侧过脸看她，却什么话也没有说。她是知道意思的，却先红了脸。

没多久便开始飘雨，甚至有越来越大的趋势，他把车停下，待两个人都穿上雨衣，才重新坐上车，几乎是惯性地，她像坐上父母的后座一样，抱住了前座人。

直到一双手覆上她的手背，她才触电般地惊醒，几乎是立刻想要抽回手，却被牢牢握住了。他转过头来朝着她笑，叫她抱紧。

这是她第一次被他牵了手。

她想起当初过桥的时候，她没有勇气去牵他的手，现在是他先牵了她的手。

遇见他之前，事与愿违；遇见他之后，如愿以偿。

再也不怕心头那摇摇欲坠的大石随时会坠落，她的心事终于扎根，用他的目光灌溉成无与伦比的快乐，就如同在天空走散的飞鸟，终于归巢。

曾经以为早已逾期的情深，终于被时光兑现。

You are the answer to my prayers.

老派灵魂的浪漫

最好的人，细水长流；

最好的爱，是生活。

她这一路走来平淡安稳，未曾有他；

却没有想到这茫茫路途上，会有他。

“可以陪我吃饭吗？我不喜欢一个人吃饭。”

“可以啊。”

认识他以来，这是她第二次来台东。

第一次，是在打工寄宿的背包客栈里，他和一群朋友几乎每到晚上就会出现在酒吧里。

那是一间很复古的酒吧，老式的唱片机，20 世纪六七十年代的爵士乐，一张张的黑胶唱片陈列在柜上，还有西部风格的装潢，壁上挂着披头士的海报，小舞台上有人在驻唱，还有一群和这里格格不入的年轻人。

她一开始并没有注意到他，对他的印象只有：看起来好凶、一定是本地人、看起来年纪很小。

还有，为什么可以天天来酒吧射飞镖到这么晚？

他的半个身子都融进了角落的阴影里，她只能看见他模糊的脸部轮廓，还有那双在昏暗光线里显得越发明亮的眼。

第一次说上话还是在那间酒吧。

桌上的啤酒一瓶接着一瓶地开，酒量不算好的她已经呈现放空状态，刚晕沉沉地从厕所走出来，就看见了自己桌前放着的苹果牛奶，愣愣地问身旁的同伴："怎么会有这个？"

"有人刚才特地去买来给你的。"朋友促狭笑道。

谁？她还没有反应过来。顺着所有人的目光移动，然后看见了他。噢，是他。

尽管醉意涌上，她还是强撑着和他真诚地道谢："谢谢你。"

"没什么，看你有点醉了，喝牛奶可以解酒。"他笑得腼腆。

"他的眼睛真好看。"是她当时唯一的念头。

他几乎每天都会出现在民宿楼下，有时候她会像普通朋友一样和他一起射一局飞镖，但大多数的时间，他们什么话也没说。

后来的一天，她搭便车回到民宿，兴高采烈地告诉他："今天载我们的司机大哥会打海产！"

闻言，他撇了撇嘴，一脸骄傲地说："我也会啊，我可是都兰海王子！明天只要没有什么风浪，就可以下去打海产了。"

她忍不住笑了。嗯，海王子。

"那我明天……可以跟你一起去吗？"她希冀地看着他。

"你不是怕黑吗？你留在岸上看星星、玩仙女棒等我回来就好了啦。"

隔天晚上 7 点。

到了海边，她蹙了蹙眉……今晚的浪是不是有些大？

晚上的海浓如墨，暗下来的天和海连成一线，没有空气污染，天空的星星耀眼，扑鼻而来的是海水的气味。他和他的同伴们穿着防寒衣，各自喝了一口米酒，再洒了一些米酒在海滩上。她猜想，这大概是一种祈祷的仪式吧。

她和几个朋友找了块大石头坐下，而他和他的同伴们已经拿着鱼叉等必备的工具走远了，不清楚他们的具体位置，只能隐隐约约地看见海浪下的那几抹闪动的光。

她才第一次发觉，原来这就是他的生活。

和她习惯的五光十色的生活完全不同，22 岁的都市女生，她已经接触过不少形形色色的人——可是她没有遇过像他这样的。

他是一个太干净、单纯的人。还那么年轻啊，血气方刚的 18 岁，不计较地对谁都好，不懂人心深浅的差别，就连 ibon 是什么都不知道。想到这里，她忍不住低头笑了。

听着阵阵海浪声，她的心情格外平静。

半个小时过去，风浪又强了一些，看着那几束微弱的光线在海面上起伏，心里有一处莫名发紧。她忍不住站起来，轻蹙着眉头，有些焦虑地想从一片墨色里寻找出什么，旁边的几个同行朋友赶紧安慰她说不会有事的。

再过一会儿，终于等到他们回来，只见他从鱼篓中抓出一只章鱼，得意地向等在岸上的人炫耀。

“冷吗？”她看着他，心里那条绷紧的弦松了一些。

“嗯。”他打了一个喷嚏。

回到民宿没多久，他传了张章鱼的照片给她，附上留言：“要不要吃章鱼？”

怎么可能不要，她捧着手机跑下楼。

民宿楼下的餐桌，所有人都吃着今晚打回来的海产、喝着啤酒，好不欢乐。没想到民宿老板看见此景却一脸惊讶地问：“怎么会有章鱼啊？”

“哦，我们几个去打的啊！”

老板挑了挑眉，看着发话的男生们，再看了看一旁坐着的几个女生，像懂了什么似的笑着摇头：“今天浪那么大，年轻人为了追女人连命都不要了，这种事我真的是做不出来啦！”

他坐在一旁只是笑笑，没有说什么，更没有注意到她脸上闪过一瞬间的愕然。

果然，浪很大啊……

在离开都兰的前一个礼拜，她没头没尾地说想吃糖葫芦，却没有想到他竟然用很认真的语气问：“要不要我骑车去夜市帮你买？”

“不用啦，我只是说说而已。”

“多留一天吧，星期三我们吃完晚餐，我再带你去夜市买糖葫芦。”

“这算是约会吗？”

“是啊，所以等我。”

但是没有想到，那天卖糖葫芦的摊贩竟然没有来。后来他带着她去玩了射气球，最后的成绩不怎么好，她只挑了一个白武士的面具，还得到了一个玩偶造型的钥匙圈，作为让两人哭笑不得的安慰奖。

“给你。”她把钥匙圈给了他。

他什么也没说，只是顺从地接过，然后把那个看起来一点都不符合他形象的钥匙圈挂在自己的摩托车钥匙上。

她看着他的动作，一瞬间感觉到有什么正在崩落，整颗心脏都柔软了。

“我们回去吧。”他说。

风很冷，他把车速放得很慢，身体挺得比平常还要直，几分钟的车程过后，他停在便利商店前，下车买东西，而她没有一起，只是坐在车上等着他回来。

忽然，她感到一阵恍惚，就要回台北了，就要回到都市的忙碌生活，在这里发生的或许都不是多么特别的事，但去海边打海产，会不会就是这辈子的唯一一次?

她看着透明玻璃后正在柜台结账的那个人，呼出一口气，终于垂下眼帘。

后来，回到民宿遇见的几个朋友都问她有没有吃到糖葫芦，她愣了……不是吧，为什么全世界都知道她想吃糖葫芦?

“因为我那天问他们谁能帮我买糖葫芦回来。”他说。

她定定地看着他，好一会儿才找回自己的声音，扬起标准的笑容：“今天谢谢你。明天我就要走了，会再回来找你们玩的。”

在临别前她抱了他一下，他的身子有些僵硬，似乎不敢抱她，最后只是伸出手拍了拍她的背：“嗯，下次见。”

他的话被吹进了风里。

隔天一早，她拖着行李坐上了火车，刚坐定就听到有人说：“小姐，你坐到我的位子了。”

她愣了一下，赶紧低头检查车票。“没有啊，这是我的……”抬头看见来人，还没说完的话就哽在喉头。

“你怎么会在这里?”她赶紧把他拉下车，“你不是在上课吗?”

“来送你啊。”

“哎，火车要开了，我要走了。”

“嗯，下次等你回来，我们再去约会。”

火车开始行驶，手上的手机突然振动了一下，是一条信息：“刚刚忘记问了，以后我当兵，亲友会你会来看我吗?”是他。

她笑了，敲下两个字：“会啊。”

“亲友会只有家人和女朋友能来。”

她看着信息愣住……这好像怎么回答怎么不对，没等她斟酌该怎么回答，隔了几秒又传来一条：“那你愿意当我的女朋友吗？”

她下意识地想回头寻找那个给她发信息的人，只是火车早已驶离月台，后头什么风景都没有，已经没有他的身影。她的手指在屏幕上游移，才打下一个字：“好。”

她知道，她舍不得错过他。

她想起电影《北京遇上西雅图》里的一句台词：“也许他不会带我去坐游艇、吃法餐，但是他可以每天早晨都为我跑几条街，去买我最爱吃的豆浆油条。”

你有老派灵魂的浪漫，我有你穿越年代给予的心安。

如果有一天，他们在海边散步，会把黄昏的沙滩收进口袋，每走一步就在上面留下深浅不一的脚印，这时候，他们会唱着《最浪漫的事》。

颠簸了年年岁岁，浮华了一身虚伪，只剩他是她的一方净土。

最好的人，细水长流；最好的爱，是生活。

她这一路走来平淡安稳，未曾有他；却没有想到这茫茫路途上，会有他。

他说，他能给的很廉价，像是替她煮一顿晚餐；能给的也很简单，像是陪她走一段回家的路。夜很长，让他陪她看一场物换星移，度过洪荒岁月，再看彼此的容貌逐渐苍老，眉间夹着时光的深刻。

他能想到最浪漫的事，就是和她一起慢慢变老。

直到他们老得哪儿也去不了，他还依然把她当成手心里的宝。

你比时光动人

用我的余生为你加冕，

陪你从朝露未晞走到星空满载——

那些时光亏欠的，

我愿意用余生悉数补上。

一次出游，她去了美国西部的度假牧场，特地收起所有的通信工具，那些时日简直是完完全全地远离尘嚣、杜绝繁华，彻底体验了一回最简单的生活。

夜晚星光熠熠，甚至能清楚地看见萤火虫，那样平凡的日子美好得不像话。

很久没有这样了。

毫无心事地、毫无包袱地，就这样奔赴一场最朴素的盛宴——

是完全新生的日子。

当时她开口，问了身边的他："怎么会选择来这里？"

他是一个生活得太精致的人，精致非指物质上的华美或满足，而是对生活品质的追求和品位。潜意识地，对于他来此处的选择，她是错愕的。

"嗯……来这里寻找'生活'。"他只是笑。

在时间的悬崖上庸庸碌碌，在生命的皱褶间绝处逢生，在绝望的深壑里苟且偷生，好似对待生活的认真不过是为了隆重一生的荣光，却始终寻不着自我意识，曾经以为所谓"生活"就是这样了。

他说，汲汲营营之下，或许总要等到不忙的时候，才会知道真正的自己是什么模样。

在后来回想起时，她才理解他的意思。

午后，两人去了马场，负责马场的人员一身西部牛仔的装扮，笑出一口白牙，问他们是不是要骑马。得到确定的回应后，他的眼神在两人之间游移，有些迟疑地开口问两人要一起骑还是一人一匹。

他低声询问身旁的她："你一个人骑会怕吗？"

“不会啊，我骑过马。”她说。

“可是我怕。”

“啊？”她以为自己听错，有些愕然地抬头看着戴着墨镜的他，她看不见他的眼睛，只看得见他那微微上扬的唇角，不难看出他此刻的好心情。

“所以……我们一起骑吧。”

她顿时有些哭笑不得，他就是故意的吧。

后来，突然下了大雨，他们只有一把伞，看这雨势简直是撑伞跟没撑一样，她犹豫了片刻道：“不然等一下吧，等雨停了再回去也不迟。”

他看了看雨势，回过头和她说：“这雨应该一时不会停，我们别等了吧。”

见她点头，他却突然在她面前蹲下，“上来，我背你，你帮我撑伞。”语气很坚持。

外头的雨势没有变小，反而变本加厉，路上都是泥泞，甚至还有几个不同大小、深浅不一的水坑直接横亘在路中，要过去势必就得踩进水坑里。

她忽然明白他为什么说要背着她过去了。

“我还是自己走吧，回去再洗就好了，没关系。”她后退一步，想起他今天穿的鞋似乎是最近新买的，认真地拒绝，“而且我舍不得你的鞋子。”

他还是蹲在地上没有起身，只是侧过脸看她，目光和暖。“鞋子？我比较舍不得你。”

她登时心软得一塌糊涂。

岁月呼啸而过，抖落一身萧瑟，他从记忆深处归来。

其实自从回国之后就再也没有这么频繁地见面，总归是汪洋彼岸，16 岁之前甚至是两三年才见一次，好似习惯了半年又或一年才见一次面，早已不是什么大不了的事。念书的时候更是，花在读书上的心思绝对比花在彼此的身上要多得多，就某种程度上来说，他们大概是同一类人。

不勉强彼此走上同一条轨道，各有各的追求、各有各的方向，却也各有各的生活和压力，同时也是相互的羁绊。在为生活拼命的时候、在夜里失意的时候，只要想起对方，就会忍不住欢喜。

“我或许不能陪你去看星星、去看雪，但我能陪你。”

先是我和你，然后才是我们。

她趴在他的肩头，一手攀在他的肩上、一手撑着伞，恍惚之间想起了好友曾经问过自己的话：“你怎么都不会担心他跟别的女生跑了？你再理性下去会很容易失去他的啊！在他社交圈里的人那么多、那么优秀，而且你们分开的时间比在一起的时候要多，你们又都还年轻，哪天会不会遇到什么更好的人啊？”

后来她把好友说的话转述给他，他没有任何讶异，神情淡然得很。“我喂你吃过饭、我们一起睡过同一张床、我们还一起洗澡……你最难看的样子我都看过了。”

他突然牵过她的手，十指紧扣，低声笑道：“我都不担心，你在担心什么？”

——已经等了那么久。

当时她回了好友什么？她说：“不用更好的人，对我来说，他就是最好的人。”

那些淋过雨的岁月，终会翻山越岭而来，成为光景之外的温暖。

耐得住每一次想去见他的冲动，不过是因为她知道，余生漫漫，他们来日方长。

用她的余生为他加冕，陪他从朝露未晞走到星空满载——那些时光亏欠的，她愿意用余生悉数补上。

在牧场住的是双层小木屋，楼中楼的格局。

她光着脚一路从楼上跑下楼，看见他安然地坐在沙发上看书，她一屁股坐在地毯上，把头靠着他的腿，无聊地翻了翻他放在桌面的几本书——他来到这里的空闲时候都是用书来打发的。

他没有把目光分给她，依旧专注在书上，却突然开口："怎么又没有穿拖鞋？"

她自知理亏，只是摸摸鼻子嘿嘿笑了两声，而后马上转移话题："你在看什么书？"

"你看不懂。"

"你又知道我看不懂了？"

"这本是《悲惨世界》，法文版。"

看她一脸茫然，他只是低笑一声，妥协了。"我念给你听吧。"

后来她只记得，自己听他念着念着就睡着了，醒来时变成她睡在沙发，而他则坐到地毯上了。

"醒了？"他的手肘就搁在沙发上，手撑着头看她，弯了弯眉眼。

她应了一声，"我睡了很久吗？"

"也没有，就是你睡了多久，我就看了你多久。"

坐在沙发上，她双手抱膝，用余光看他专注的侧脸，再看了看他手中的书，像是忽然想起了什么事，出声喊了他的名字。

他抬眼看她，手指顿在要翻页的动作上。“怎么了？”

“你学了那么多种语言，为什么不学中文？”她指了指他手上的法文书。

闻言，他只是挑了挑眉，理所当然地说：“因为我有你了。”

缓下忍不住上扬的嘴角，玩笑地轻推了他一把，“少来，你明明会念我的名字。”

“嗯……除了你的名字之外，我还知道几句中文。”

“比如？说一句看看？”

“我想你。”

那年除了回纽约，还跑了一趟加拿大，见亲戚之余，主要目的其实是去看尼亚加拉瀑布。晚上，趁着瀑布的烟火灯光秀开始之前，他带着她上了史凯隆塔的观景台，已经很多人了，绕了一圈，还是寻不着能够挤进去的位置。

在最外围等了一会儿，他环视了周围的人群，似乎看到有空位，就拉着她往一个方向走去，让她站在窗前，能够清楚地看见灯光照在瀑布上的绚烂效果。

“再过几分钟烟火秀就开始了。”他就站在她身后，靠在她耳边说话，入肺的全是他的气息。

她拿起手机想要给瀑布拍照，却有一双手从后面将她揽入怀，她回过头就要说话，但没想到他正好低头，额头擦过他的嘴唇，他顿时愣住，眼神清亮得让她有些莫名的窘迫。

“我……”

人群里突然发出欢呼，甚至还有人在拍手，是烟火秀开始了。

闻声，他很快反应过来，眉眼染上笑意，他把她的头转回去，“烟火秀开始了。”

烟火还在放，她却突然感觉到身后的人似乎在笑，他的下巴就搁在自己的头顶，不轻不重。

她仰着头看他。“你在笑什么？”

“因为心情好。”他低头看她，眼里像是藏了整条银河，顾盼生辉。

他朝着她眨了眨眼，她霎时哑然失笑。

真好。这样的日子、这样的他们。

日久年深，哪怕未能拥有热烈阳光，尽管光阴覆满尘埃，他已然是世界予她最好的馈赠。

她知道，幸福大抵是没有形状的。

不过是雨后放晴，不过是一觉到天明，不过是花盛放在雾里。

不过是她回头看他，他就在那里。

亲爱的布朗尼

只要看见你就很好，有你的日子真好。

不怕时光的尖锐，也不怕颠簸的路多么崎岖，

你就是岁月里最柔软的灿烂。

家里养了一只博美犬。

叫布朗尼，已经9岁了。

最早是在爷爷奶奶家养的，记不得是从什么开始，当时那只博美已经有些年纪了，它陪伴了爷爷奶奶好多年的时光，在它过世之后的不久，父亲大抵是担心爷爷奶奶两个人住难免会有些孤单，所以又领了一只小博美回来，但是小博美在3岁多的时候走失了，再也寻不着踪影。

父亲或许是习惯了有那个小小的身影整天在眼前晃，毕竟过去年轻时候，也是看着它长大的，但是考虑到爷爷奶奶年纪大了，后来领回来的博美就养在自己家里了。

第一只才几个月大却因为肠病毒去当天使，那么多年过去，直到第二只到来。

她还记得，那个时候它才两三个月大，小小的一团，只占据它窝里不到 1/4 的位置，再长大之后，占据的部分越来越多，心里那块柔软就好像也被熨帖了。

然而，所有的心跳都被搁浅在那一场意外里。

恍若只是光阴的一瞬，猝不及防地让所有人都无法置信。那天晚餐后，父亲带着它去附近的公园散步，隔了十多分钟父亲急匆匆地跑回来了……抱着它。

“怎么了？”它的毛上甚至还沾染了血。

“它自己挣脱牵绳跑走，结果被车撞了。”父亲顾不得自己身上也有血迹，赶着骑车载它去动物医院救治。

她和母亲还有姐姐在家里等着父亲的消息，直到父亲打电话来，语气没有什么起伏，但任谁都能听出藏在平静下的波动：“来看看它吧。”

他眼睁睁地看着它被车子撞，甚至还被抛飞了一段距离，而它那么小啊。

他不知道自己是怎么抱起它，再匆匆跑回家的，只记得连呼吸似乎都停止了。

后来她和姐姐也跟着母亲去了动物医院，真的只是看看而已，因为它再也不会睁开眼了，再也看不见他们。在看到它毫无生气地躺在治疗台上，顿时有些无法回神，心里泛滥出来的太难以言喻，带着柠檬汁的酸涩，嘴里却是黑咖啡的苦味，像那一年外公过世。眨了眨眼，眼眶再也锁不住串串热泪。

所有的以为都只是以为，它真的回不来了。

它其实一点都不乖巧，喜欢乱咬东西，它会乱翻垃圾桶，还会自己去咬开糖果来吃，总是随地大小便。她试图想起它的坏，好像这样才足以消弭那席卷而来的悲伤，尽管知道总有一天会被消化完的。

可是她发现，它再怎么坏，她还是很爱它，这么多年过去，她始终记得它。

亲爱的天使，永远 4 岁的你。

没有沉浸在悲伤里太久，父亲在一个礼拜后领回了一只新成员——布朗尼。

刚回到家，姐姐发现了已经收起来的笼子被拿了出来，笼子很高，上头还挂了一颗小灯泡，晕黄的灯光笼罩着一个小小的身躯。

“这是什么？”还没有人反应过来时姐姐已经凑过去看了，她认真地看了一会儿，然后咧了咧嘴，满脸笑意地开口道：“是新成员，应该也是博美。”

家里从来都是养博美。“应该？不就应该是吗？”

“因为我觉得它长得好像熊。”姐姐有些纠结。

初来乍到，没有一点对于陌生环境的不安，它睡得很熟，蜷曲着身子，父亲说它才两个月大，那时候的它，比成年男人的手掌还要小。

一天一天，他们看着它长大。

一天一天，有它的日子真好。

布朗尼学会了上楼，却不会下楼。

看着楼梯甚至比它还要高，她和姐姐都忍不住开怀大笑。布朗尼睁着湿漉漉的眼看她们，她们顿时整颗心都软了，就连语气都不自觉地放轻，“明天再来练习上下楼梯。”

在练习下楼的时候，总要有个人站在最下一阶拍手喊它下来，它会一阶一阶地慢慢爬，显得小心翼翼，再一阶一阶地接近她们，偶尔会停下来看她们，呜咽地发出声音。

“快到了！布朗尼，再下来几阶就到了。”

直到最后一阶，她终于将布朗尼抱了个满怀。

迎来了新的一年，忙着大扫除的同时，还得注意着布朗尼的行踪。

比如……“你为什么又踩到我拖好的地啦！”姐姐哀号，看着地板上新鲜的脚印，再看罪魁祸首一脸的无辜，本来想骂些什么最后却只是撇了撇嘴，显得无奈万分，只得认命地先把拖把放一旁，再把布朗尼带下楼。

母亲抱着布朗尼不让它乱跑，听完姐姐的控诉，坐在沙发上笑得东倒西歪。

那年除夕，是布朗尼第一次和我们围炉。一起吃完晚饭，便轮到了小孩子们最喜欢的发红包时间。

表妹却突然开口：“我可以给布朗尼红包吗？”

姑姑听见自家女儿的话，本来还以为她是开玩笑的，却见她很正经地又说了一次，姑姑也没有拒绝，只是笑笑，给了她一个红包袋和 20 元。

后来红包袋被一根绳线绑着，挂在了布朗尼的脖子上。

“布朗尼的新年愿望：我想吃很多好吃的。”表妹把这句话写在给布朗尼的红包袋上。

亲爱的布朗尼，愿年年都有你和我们一起围炉，陪你一起长大，再陪你一起变老。

哪怕时光散尽，也愿意相信永恒。

布朗尼很喜欢散步，应该说，很喜欢出门。

只要有人一开家门，它就一心想冲出去，出门时总得看好它以防它乱跑出家门。有一回，和阿姨一家出门，那天她先回家一趟却发现布朗尼不见了。

布朗尼不见了。

当时听见这个消息时，她没有哭，只是本来正上扬的嘴角在一瞬间便垮了下来，所有的情绪在顷刻之间被抽离，全世界都像在嘲笑自己刚刚的愉悦不过是昙花一现。

“家里真的都找过了，没有看到它，一定是跑出去了。”所有人都猜想是不是有人没有关好门。

本来预计的晚餐行程也被耽搁，就连阿姨一家也赶紧帮忙在附近寻找。母亲和姐姐先去警察局报了案，其他人则分头绕去附近所有布朗尼可能去的地方，包括它习惯的散步地点。他们绷紧情绪，如墨般的天空像承载着最深重的无奈，还有让人几近崩溃的次次失望。

一路找，一路喊着布朗尼的名字。它知道自己的名字啊，它要是听见一定会来的。

可是没有，哪里都没有。

找不到它。

克制的情绪在弹指之间天崩地裂。

——他们忘了一个地方。

隔天一早，我们和母亲先去将昨晚做好的寻狗启事印了几十张出来。

——他们忘了一个地方。

又再去附近绕一绕，看一看有没有布朗尼的踪影。

——他们忘了一个地方。

姐姐像是突然想起什么。“我们忘记去宠物店问问看了。”她说的是附近那间布朗尼常去洗澡剪毛的宠物店。

她的话一出口，那丝几乎破灭的希望仿佛又重新燃起了火。

“布朗尼吗？有，我有看到。”老板娘很年轻，她一说出口却看见母亲哭了，赶紧递了几张纸巾，顿时有些手忙脚乱地想安慰什么。她和姐姐却忍不住笑了，一扫昨晚的阴霾，心情顿时万里无云。

老板娘打趣地说道：“它昨天被抱来这里，捡到它的女老师说是在附近公园找到的。我和她也很熟，知道她很有经验，家里养了很多小狗，所以她说她先带回家照看，我没有反对，她说若等一个月都还没有人找来，就要领养它。”老板娘仔细地将事情的经过转达给她们，然后给了她们那位老师留下的电话号码和地址。“去这里找就行了，她人很好的，不用担心昨晚布朗尼在外面流浪。”

那些印好的寻狗启事作废了，但幸好。

幸好，幸好你回来了。

“布朗尼。”

本来趴在地下的它听见呼喊，一颠一颠地跑了过来。

她看着它，趁它还没有反应时将它抱起。“你以为有吃的啊？先给你洗澡再说。”

它听见敏感的“洗澡”两字，抬头看她，才发现自己已经逃跑不了，发出呜咽的声音，像是在向谁求救一样。

正好经过的姐姐看到布朗尼的模样，也忍俊不禁。

只要看见你就很好，有你的日子真好。

不怕时光的尖锐，也不怕颠簸的路多么崎岖，你就是岁月里最柔软的灿烂。

亲爱的布朗尼，未来的日子也请多指教。

辑三

大好时光里，
我们在现实的路上失散

当日子越过越遥远，
世界像蒙灰的玻璃失去光泽，
他站在深渊里，
把记忆走马看花，
任时光刮过、悲伤流进血脉，
他有一个不为人知的伤疤。
生活与世界无关，
与时间有关。

你带着你的天涯来了我的海角

后来走的人都把你的痕迹踩得太干净，
时间总会把刻骨铭心稀释成云淡风轻。
你带着你的天涯去了谁的海角，
谁的都好，你好就好。

高一那年的暑假，补习班依旧人满为患，为高二的课程做准备。她走进教室，盛夏的炎热被隔绝在外。教室里大多数人穿的都是便服，环顾一周，她很快地找到朝着她挥手的友人，已经替她占了一个听课的好位置。

她走到位置上就要坐下，余光瞥见一个面生的男孩坐在她的正后方，高高瘦瘦的，他低垂着头，只见他手上的笔不停地在作业本上写写画画，天花板上的日光灯不偏不倚地打在他的脸上，面目蒙上了一层阴影，轮廓显得柔和许多。

她是这样认识他的。

“他是谁啊，新来的吗？坐我后面那个。”她用眼神示意邻座的友人，小声地问道。

“是刚来的没错，他和我们同校，上一堂课你没来正好错过了。”

原来同校，她暗自记下。

她拿起藏在桌下的手机，手指鬼使神差地在搜寻栏打上向友人问来的他的名字，搜寻到了他的社交网站。滑着他的帖文和分享的动态，她像是忽然发现了个天大的惊喜——原来他们有共同的偶像。

后来她开始注意他，发现每次来补习班，他都坐在同一个位置上，趁着一次冲动她和他说上了话，不出她所料，他几乎算是一个寡言的人，但只要提起他感兴趣的话题，仿佛终于遇见知心人，话匣子就会瞬间开启，眼里总会含着些许激动和笑意。

尤其当他提起他喜欢的女生时。

原来他是这样的，原来这就是当他提起喜欢的对象时，他的模样。

高二分班，她和他成了同班同学。

因为补习班的关系早已熟悉的他们，在同班之后，完全成了无话不谈的好朋友。

她和他拥有共同的偶像，她知道他冷静表面下的其他面貌，他知道她最喜欢喝的饮料口味，他们拥有太多太多共同的秘密。

当旁人问起她和他是什么关系时，所有人都以为他们在一起了。身为当事人的他们听到只是笑着说："怎么可能，谁看过好朋友在一起的啊。"

是啊，"好朋友"。

他的名字在笔记本的一页被重复书写，娟秀的字迹不难看出书写者对于这两个字的珍视，连最不起眼的角落也被他的名字占据。

满满的，都是他的名字。

她想起他总是开玩笑地说："你可别喜欢上我啊，我有喜欢的人了，我不会喜欢你。"

是啊，他们怎么可能在一起？她自嘲地笑了笑。

心里的冷意铺天盖地，连那经过多少时日才敢小心翼翼萌芽的悸动也在无声无息之中消弭了。

但后来他还是知道了，哪怕她把那点心思藏得再深。

有时候是这样吧，若不是两情相悦，再怎么样的喜欢都只是负担。

他开始疏远她，他们开始搭不上话，连眼神都不再有交集。她没有去解释，应该说，根本没有机会解释，也不敢去解释。

她只得眼睁睁地看着他淡出自己的世界，恍若不曾来过。

几天后，他喜欢的女生被老师误会，但那个女生不解释，却在事后哭得泣不成声。看着那个女生如此，她无法理解。她和友人讨论起这件事，说她很想问那个女生："为什么被误会不去解释，非得让自己落得这田地，明明还有转圜的余地啊？"

后来他还是知道了。哪怕她认为自己只是就事论事。

她没有那么多弯弯绕绕的想法，坦率而直白，而过往总被他称赞的优点此刻却成了他全盘否定她的把柄。他认为她是故意这样说他喜欢的女生，他说她是因为嫉妒，他妄自揣测她的无心话语。

他讨厌自己了——她清楚地意识到这一点。

他喜欢的她终究是天上星，她却还算不上是地下沙。

她没有去辩驳只字片语，只在沉默里兀自心伤。她知道，哪怕把话说开，他们也回不去了。

熬过升学，终于等到发榜。她去了补习班，想询问选填志愿的事情，不巧的是当时老师们都在忙，她只得自己先慢慢翻找着资料。

“你是高三生吗？我看你在看申请的资料。”身后传来陌生的声音。

她诧异地回过头，看见了他。

那个他是这样的人。

那天阳光正好，他的声音在她的身后响起，像穿过时间的跨度那般遥远，同时却也那么靠近。他穿了件很简单的白色 T 恤，搭配着刷白牛仔裤和一双全白的布鞋，背了个后背包，径自朝着她笑，整个人显得阳光充满朝气。

她和他聊了整个下午，他凭着过往的经验，和她说了很多关于升学的有用信息，也给了她许多意见。从他口中知道了他在哪里读书、知道了他比她大一届……

她原本单纯地以为，两人的交集也就是这样而已了，直到后来几次又在补习班碰见，才辗转得到他的联络方式。

尽管他只比她大一岁，但她总把他当成前辈。抛开升学的问题，他们也可以从天南聊到地北，几乎没有隔阂似的，没有多长时间就成了无话不说的好朋友。

后来她没有选填志愿，而是选择等到 7 月再考一次。

他们还是有联络，当他得知她的决定后，也热心地提醒她应该注意的事项和准备考试的方法等。

直到一次连假，他从学校回来，她犹豫了很久也忐忑了很久，才鼓起勇气问他："这周末你能陪我一起去挑参考书吗？"

"好啊，我去接你。"在电话那头，他答应了。

那个他是这样的人。

她清楚他的优秀不是只在于成绩，更多的是体现在他平时最微不足道的举动里。

比如说，他总让她走在马路内侧。比如说，他在买完参考书结账完先她一步拎起装满书的袋子。比如说，在她坐上他的后座时总会记得问她坐稳了没有。比如说，他把他之前的升学资料都特地找出来给她。比如说，还有很多很多，那些想起来，足以让她微笑的细节。

这样的他啊。

隔了几周，他因为有事要处理所以又回来了。一听他要回来的消息，她心跳顿时漏了半拍，有些激动，她知道自己期望见到他。

她想见他，只是无论在电话里聊了些什么，“我想见你”这四个字始终如鲠在喉。

深吸了口气，她却说了个毫无相关的事：“我明天打算去补习班做题目。”话刚落，她顿时感到懊恼，搞什么啊，自己到底在说什么东西。

“那好，我明天也去一趟补习班好了，好久没见到老师了。”他说。

她感觉心里有一部分的柔软突然陷落——可以见到他了。

隔天一早去了补习班，她特地选了门边的位置，一边做题目、一边留意他来了没有。一次次望向门口的反反复复的期待，没看见他的身影时反反复复的失望，如同在游乐园凭自身的运气玩抽奖，心情起伏大得像在坐过山车似的。

又一次听见开门声，她抱持着“抽中大奖的也不会是我”的消极心态没有再抬头——没有人知道在这之前，她已经因为听到开门声而抬头不下 10 次，同时也失落了不下 10 次。

直到她在出神之间再次抬头，看见站在门口的人，瞬间回神才意识到自己的窘迫和慌乱。

她不知道他站在那里多久了，更不知道他看着自己多久了。

今天他穿的是一件稍微正式的浅蓝色衬衫，背了她第一次见到他时背的背包，他正看着她，目光深深，长身玉立，在她的视线里自成一道风景。

你穿衬衫的样子真好看——我好像喜欢你。

她愣愣地看着他朝着自己的位置走来，像电影慢动作似的，她几乎能听见自己的心跳声。

如果现在有人问她，喜欢一个人是什么感觉?

她想她会这样说："大概就是他朝着自己走来，就像全世界都被我拥入怀中。"

终于等到你。

转眼间，她想起了曾经的另一个他，想起好久以前他们终于不再是彼此的谁了。

她现在忽然很想去找他，大声告诉他："我有喜欢的人了。你真的可以放心，我已经不喜欢你了。"

那个曾经给她朦胧悸动的少年，他们注定拥有各自的风景。

后来走的人都把你的痕迹踩得太干净，时间总会把刻骨铭心稀释成云淡风轻。

你带着你的天涯去了谁的海角，谁的都好，你好就好。

那是一个什么样的年纪，青春的轨道上人来人往，那时候心还太大，不急着把已经离开的人从记忆里清除。

固执地坚守每一次的深刻，用力地拥抱每一个走失的灵魂，认真地分辨每一个像他的背影。

曾经藏在风里的情话已经去流浪了，幸好回来时，风也将他带来了。

他带着他的天涯来了她的海角。

You Had Me at Hello

在她少不更事时，他已经穿过汹涌人潮，逆光而行，

等在岁月尽头，没有惊扰时光，

也没有让风捎来任何消息，静默如海。

一如他从不张扬的深情。

"Someone said if you like a person at first sight, you might like him or her for a long time."

"Just like I treat you."

她的记忆里有一个少年。

从小生长在纽约，他没有中文名字，更不会说中文。他的名字和她的一样，都是 C 开头。

他没有华人血统，但他是她见过最符合"陌上人如玉，公子世

无双”这句话的人。

于是自此之后，她再也没有见过比他更惊艳流年的人了。

他真是一个好看的少年啊。眉眼都如画，浅笑也成歌。

好似无论从几岁看起，他都美好如初。

因为外公的关系，小时候有一段时间待在纽约，两家人本来就交好，也正因为如此，两家人更加频繁地来往。

他开始学钢琴，她吵着父母亲说也要学——像他那样。后来只坚持不到半年。

他开始学小提琴，她吵着父母亲说也要学——像他那样。后来只坚持不到三个月。

“当初你是真的想学那些乐器吗？”直到很多年后他问她，看见她心虚摇头后了然地笑了。

“学不来没有关系，反正我会就好。”他朝着她笑，很浅淡地只是俯仰之间。

忽然想起徐志摩说过的那句话——“只要你要、只要我有，倾我所能、尽我所有。”

有朵烟花在她心里炸开。

她想起有首歌是这样唱的："记得当时年纪小，我爱谈天你爱笑。有一天并肩坐在桃树下，风在林梢鸟在叫，我们不知怎样睡着了，梦里花落知多少。"

当年他们都还半大不小，只爱坐在庭院的秋千椅上，看着大人们忙着烤肉。

少年已翩翩。拿着本他喜爱的福尔摩斯系列，阳光透过树荫细细碎碎地洒在他的身上，模糊了他周身的光景。风一吹，他赶忙压住翻飞的书页，微微拧起的眉头显示出他此刻的烦躁。

她一手搁在膝盖上撑着双颊、一手拿着烤肉串，乐呵呵地朝着他笑。闻声，他的眼光转向她，眉头松了一些的同时，唇角也微微上扬，面目在光影的勾勒下显得柔和。

而直到现在，她仍然描摹不出当年他的模样。

大概是，比阳光灿烂、比年月柔软、比他身上穿的衬衣好看。

当时是什么都不懂，却又什么都懂的年纪。

自从姐姐要开始上学而回台湾之后，父母的工作也上了轨道，几乎是隔两三年才回去探望外公外婆一次，她也很久没见到他了。那时候还没有所谓的智能型手机，更不流行通信软件。

那个少年啊，怎么办？就快要被记忆稀释。

如同记忆被格式化，工整又清晰地陈列于每一个似曾相识的场景里，而每一个没有他的记忆里，都有一个他。

没有坐在庭院里，眼巴巴地看着大人们忙着烤肉，再偷偷地去拿一串来吃；没有一个少年，捧着本对她来说很深奥的书，在阳光下、在风里，低语离别的意思。

当时是什么都忘了，却又什么都记得的年纪。

后来，某一年的盛夏回了纽约一趟。

他的眉眼比过往长开了许多，依稀还是记忆里的那个模样，可似乎又有什么不同。

他站在她面前自成一道风景，她看着他好一会儿，从发丝到脚踝，几近贪婪地不放过任何部分，直到最后他朝着她张开手，她忍不住笑了。

他没有什么不同，只是眼里藏了整个宇宙。

而她在里头看见了自己。

周末纽约地铁的人潮比起平日有过之而无不及。

地铁的车门一开就倾巢而出的人们，还没能适应纽约客的生活步调，她就已经被推着往前走。再然后……没有再然后了，因为眨眼间她就被人潮冲散了，完全远离了刚刚下地铁的地方。她没有看见任何同来的人。

莫名地冷静下来。大概是抱着“一定会有人找到我的吧”这样的信念。

尽管曾待在纽约一段不短的时间，却因为平时跟着家人出门就是开车，身上又没有可以联络的工具或方式，对于纽约地铁根本不熟的她，只能凭着模糊印象，再配合着标识牌，又问了几个人之后才终于走到中央车站——知道这个地标，也是因为这里是电影里常出现的场景。

在这里会比较好找到我吧。她坐在车站里显而易见的阶梯上。

时间无声流逝，心头涌上莫名的情绪，她听见列车抵发的广播、看见人群匆匆缭乱她的视线，全世界只有自己静止似的——直到一个人的脚步落在她的面前。

她愣了一下，才迎向来人的目光。他还在顺气，她是第一次看见他这么不冷静的模样，没有了平时的优雅从容，他的头发有些乱、眼眶有些红。

他在她面前蹲下，唇角拉开一个好看的弧度，“我找到你了。”他的声音哑得不像话。

所有的隐忍和假装的冷静在一瞬间碎裂。

她忽然就哭了。

后来和其他人会合的时候，姐姐拉着她说："幸好你没事，刚刚发现你不见时，他的脸色简直可怕，我们本来想说在这里等你一下说不定你会找过来，可是他只说了一句话就把我们丢下，自己去找你了。"

她忍不住回头看了一眼不远处正在车站柜台询问什么的他，"他说了什么？"

"他说：'不行，她一个人一定很害怕。'"

过了两年的夏天，正好迎来她 16 岁的生日。

回到纽约时，外婆笑呵呵地说："妹妹要 16 岁了吧？在这里都会办生日派对呢，女孩的 16 岁生日啊，大家都说是'Sweet Sixteen'，对女孩们来说很重要。你姐姐当年也办了生日派对，今年也给你办一个吧。"

外婆知道她喜欢红色，于是没隔几天她就收到了一件极为好看的红色洋装。

她抱着那件洋装在房间里开心得又叫又跳。

亲爱的自己，你要 16 岁了。

在美国认识的人几乎都是亲戚，并不像他那样从小到大包括就学都是在美国扎根，说实在的没有多大的交际圈，本来以为邀请的人不会太多，没想到当天却来了很多……陌生面孔的人。

他说那些人里有他们家的亲戚和他的朋友，她错愕地说："可是我不认识啊。"

"没事，他们来就是想认识你。"他轻勾唇角，眼里流转着光辉，灿若繁星。

她还不明白他的意思时，他已经把她带到他的朋友们面前，错愕之间，闪过几个字词还没来得及消化，她只感觉到身旁人的手牵住她的，十指交扣。

她抬头看他，依旧少年如画，而他只是侧过脸看她，眉眼弯弯、笑容浅浅。

生日蛋糕上的蜡烛代表的含义都不一样了。

点蜡烛时，他们说第一根是父母；第二根则是兄弟姐妹……第十六根是一位重要的男性，可以是男朋友或是好朋友。

重要的男性？闻言，她下意识地去寻找他的身影。

像是有共同意识般，所有人的目光都转向那个正朝她走来的少年，他停在她的面前，这几年他长得太快，抽高了不少，她甚至得仰头看他。

“其实，16 岁的成年礼还有一个意思，代表——这个女孩可以正式被追求了。”

“你一定明白我的意思，我的女孩。”他的声音仿佛在她耳边扩大。

那年她正 16 岁，他要 19 岁了。

在她少不知事时，他已经穿过汹涌人潮，逆光而行，

等在岁月尽头，没有惊扰时光，也没有让风捎来任何消息，静默如海。

一如他从不张扬的深情。

她想，总有一天，她的所有消息都会穿过风再经过云，不怕日晒、不怕暴雨，像夜里沙哑的情话，要直达他心里——他是大片良辰美景里，最好的念念不忘。

所幸如今，让那些荒芜的岁月，都不可惜。

情深不负十年归，半盏城火等一人。

半路爱人

正是年少轻狂，那个时候我们都不知道，
在那样的年纪，或许谁都不会是谁的谁。
偏偏那时候遇上的人像镌刻在生命里的年轮，
日复一日、年复一年，终究难忘。

他们还是分手了，他们再也不是“他们”。

她想起当初他试图挽回女孩的时候，他和她说，他想赚多一点钱，才能好好让她过好的生活，她却哭着对他说：“我宁愿你做苦工，我替你擦汗擦眼泪。”

原本他们都还好好的，原本……

听见这个消息时，好友在一旁哼了一声，为她打抱不平：“和那种人在一起就是一场浪费，分了才好。”

记得高三那年，某天的早上，7 点没到，教师还没有出来值岗。

她还没有踏进校门，只见一个熟悉的身影朝着校门口跑来，直到那个身影跑近，她才看清来人。

是她。女生没有看见她，她如蝴蝶般拥着整个春天的芬芳朝着一个男生跑过去，那个男生身穿另一个学校的制服，一手拎着书包，一手提着一袋早餐。

他眼里盛满了灿烂的笑意，等她跑到他面前，他先给她拍了拍背顺气，才将手上的早餐递给她，不知道说了些什么，只见女生傻乎乎地朝着男生笑，仿佛眼前的人送了她一整个盛世。

女孩回到教室，手上拎着那袋早餐，早一步先到教室的她一看见就凑过去揶揄地朝着女孩笑道："是男朋友吧？在校门口我看到你们了。"

女孩脸上泛起浅浅的红色，却没反驳一句。

她看见早餐袋里的那杯热豆浆，一开始还疑惑着怎么女孩在这样的天气还喝热豆浆，后来她才知道原来女孩那天生理期，而他替她买了热豆浆。

他是女孩的男朋友——那个给她买早餐来的男生。

放学后的晚自习。

在学校附近买完晚餐，她和朋友们拎着晚餐慢慢走回学校，远远就看见一个男生站在校门口，频频往里头探，不知是在等着谁。已经快到6点，不留晚自习的学生几乎都走光了，以至于身穿他校制服的男生特别醒目。

待看清那个身影，她推了推走在旁边的女孩，示意她往校门口看。“你男朋友耶。”

他是个什么样的人呢?

他不是一个爱读书的男生，但是他希望她能够考好；他会去网咖、会去打桌球，甚至还会抽烟，但是为了她，他开始改掉这些坏习惯。

没有人知道他们这样风格迥异的两个人怎么会在一起，这是没有人看好的感情。

女生笑逐颜开地朝男生跑去，扎起的马尾在空中摆荡出美好的弧度，那是十七八岁的青春。他递给了她一杯热饮，“这是热可可，小心烫。”

“读书加油！”他做了一个打气的动作，逗乐了眼前的女生。

可是，现在在旁人的眼里，或许可以的。或许，他们真的可以走到最后。

嗯，或许。

关于恋人之间的浪漫，他们也有。

他们去了永安渔港，在沙滩上画一个大爱心，里头写下“我爱你”。女生坐在男生的肩膀上，每一次的潮起潮落，他们都看着同一片蓝色，细数那些不为人知的怦然，把彼此写进各自的明天里。

他们去了龙潭的山上看夜景，吐出整座星空，数着星星，就把爱人的名字连成一条线。回程时女生坐在男生的摩托车后座，穿着男生的外套，他不怕自己冷，却怕她冷。

原来，心里有一个深刻的人，灵魂才总算有了皈依。

女孩升大一后，和他分手了。

他们在一起快一年时，他混进了兄弟圈子。在她知道后，两人吵了很多次架，分开过也复合过，她的生活圈太单纯，而这些只是他们最终结束的部分原因。

“他找你复合？你不会还傻傻地答应他吧。”

“放弃他吧，他已经不是之前的他了。”

“可是，我相信他不会坏到哪里去。”她还在为他辩解。

他是最清澈明朗的海，他是岁月卷起的每一页温暖，他是时光里的断层，他是生命赠予她最好的奇迹；她是从没见过天空的鱼，她是八月未央，她是细碎年华遗留下的陨石，她是时空里的沼泽，她是他无关里的有关。

正是年少轻狂，那个时候他们都不知道，在那样的年纪，或许谁都不会是谁的谁。

偏偏那时候遇上的人像镌刻在生命里的年轮，日复一日、年复一年，终究难忘。

她后来还是和他复合了。

男生答应她，一定会离开兄弟的圈子，会踏实地生活，只是转眼间又音信全无整整一个月，后来她等来的却是他的一句话："我想通了，我还年轻，别逼我一定要选择。"

"如果你不能接受就不要勉强自己。"两人决定分开之后，他却仍不忘给予她最后的温柔。

她倏地想起，他的家人曾经对她寄予厚望，他们都说她是个好女孩，希望能够让他有一点改变，但她知道自己还是让他的家人失望了。

"妹妹啊，别再去想他了，他对你那么坏。无论如何，只要你愿意，阿姨永远是你的阿姨，外婆永远是你的外婆。”他的家人没有怪罪她。

他离开了。幸好，他的家人依旧温暖。

在分开的那天，她发现了一个公开的秘密：他在社交网站上和一个女生挂“稳定交往中”。

她的初恋也是劈腿分手的。他知道，而他曾经和她说，他不会这样对她。

她已经哭不出来，她开始怀疑是不是所有的感情都能如此云淡风轻——就像他说不喜欢她了一样，云淡风轻。

她的生活已不再因为他填不满空白，这样的日子她反而更感到惬意，不用再为他愁眉泪眼、不用再为他提心吊胆、不用再为他牵肠挂肚，多好。

后来，她有一天和学校请了生理假。晚上时，班上有个和她还算有交集的男生发信息来，要她等下来宿舍门口。她虽然有些疑惑，还是拉着一个室友一起下楼。

男生给了她一个纸袋。下意识地，她以为是熟悉的热可可，却没有想到是男生亲手泡的热花茶，以及一些巧克力。

“你不是生理痛吗，等下上去赶紧喝了吧。”男生笑得腼腆。

她捧着纸袋上楼，有些失神。

原来，任何一个人都能代替他送热饮给她，他对她的好，不是只有他一个人可以给予，任何一个人都可以，甚至还能做得比他好。她自嘲地笑了笑。

他打散了她的纯真，为她编织了整条银河，而她曾划开他的乌云密布，还他晴空万里。

他热闹了她的不食烟火，却没接住她的坠落。

那年他们 17 岁。

我们曾是少年

将和你们在一起的日子缝进回忆，
哪怕回首时早已满目疮痍，
至少片段还能成诗，老的时候还能与你歌颂。
幸好，青春记得我们最好的模样。

“你还记得初衷吗？我是说你是怎么走到现在的。”

“你还记得自己吗？我是说你开始高中生活之前。”

“你选好未来要走的路了吗？我是说你坚持的信念。”

“你有没有在这里交到很好的朋友？我是说，你们约定好要做陪伴彼此一辈子的好朋友。”

“那……等到我们都老得走不动了，你还会记得我吗？”

站在台上的毕业生代表，一身制服笔挺，熨烫得一丝不苟，衣襟上别着毕业生字样的胸花，他的语调故意夸张，内容不落俗套，明明应该是个严肃的场合，却说得让全场都笑开怀。

“他真烦，讲得那么好笑我却想哭。”旁边的好友吸了吸鼻子。

她有些哭笑不得，忽然想起毕业前夕和他们在一起的每个日子，短暂如烟花，却不失美好。

应该说，只要是和他们在一起的日子，就是美好的。

当时为了配合一些老师的时间，班上的谢师宴提早在毕业前夕。

后来决定办在饭店的自助餐厅里，那天晚上，所有人包括老师们都盛装出席，衬衫领带西装裤、礼服披肩高跟鞋。所有人都光鲜亮丽。

像是一个蜕变的过程。或者更像一种专制的压迫。明明应该高兴终于成为大人，有理想的大学生活、可以更接近现实，还能定位自己在社会上的价值。小心翼翼地试探人心的深浅。

忽然很想穿回制服。

班上还安排了节目，只是很普通的大风吹。把椅子围成一个圆圈，没坐到椅子的也不会有惩罚，而是要对全班真情告白。

一个一个轮流出局，于是也有了各式不同的告白。

“现在也没有其他愿望了，我们都要考上理想的大学啊！”励志型。

“一开始进来真的没想到会认识你们，不行啊，讲太多我真的会哭。”感性型。

“以后无论谁的婚礼还是谁孩子的满月酒，就算你们没邀请我，我也会闯进去的，不要担心我的出席率啊！”浮夸型。

后来，轮到自家好友。

女生站在所有人面前，她们几个人朝着她挤眉弄眼，她没忍住扑哧笑了出来。

“其实我没有觉得高中生活有多热血，我们还不是要读书、读书、读书，每位老师也叫我们要认真，虽然学历不是万能，但确确实实地会影响我们能选择的路，害得我超怕考不上大学的。”听到这里，大家看见她翻了个大白眼都笑了，她却在下一秒正了正脸色。

“我舍不得的不是青春，也不是高中生活，是舍不得陪我走过这些日子的你们。”好友的声音已经有些哽咽。

“还有，我真的很高兴能够认识你们。”

那么没心没肺又那么爱面子的女孩，在所有人面前，哭了。

——我只是，舍不得你们。

接下来，是把前几天全班写好的卡片和准备好的鲜花送给各科老师，听老师们对我们说着心里话，她看见好几个人的眼眶已经红了，甚至偷偷背过身去拭泪。

到了现在这一刻却有些恍惚，她心里有一部分的柔软像是剥落了似的，空落得难受。

看着眼前的场景，她忽然想起日本动画大师宫崎骏一部动画里的台词："我只能送你到这里了，剩下的路你要自己走，不要回头。"

我只能送你到这里了。

剩下的路你要自己走。

不要回头。

有些太美好的回忆反而扎眼。

依稀记得那个时候，初到陌生环境，脸孔都是陌生的，而最开始的交集，是因为一句"可以借我一支笔吗"，才让谁的友善融成了一场没世难忘的盛夏。

花上一个月才把班上所有人的名字记起来。谁会想到，三年后随着凤凰树的花开花落，这些名字却散落天涯，只在生命里留下深刻的痕迹，成了青春的影子。

佳期未曾爽约，总算如约而至，成为重叠的时光里，最隆重的印记。

还在相互笑彼此的吃相太难看，还在相互打趣对方的笑声太好笑，每天中午好几个桌子并在一起，好朋友围着桌子用餐，可以从班上谁是班对、聊到隔壁班那个讨厌的谁。彼此从有事聊到心事。也曾有过争执，也会发现连对方自己都不知道的小习惯，偶尔闹了笑话，谁知道从此就被拿来说嘴。

球场上永远有谁的身影，太阳大到晃得睁不开眼，汗顺着脸部轮廓滴落，盯着场上奔跑的每个身影，拥护着班级的荣誉，为比数感到紧张，却仍然移不开自己的目光。

热血全部洒在了盛开的凤凰花上。

不远处的人们都急匆匆地跑去找同伴合照，毕业生字样的胸花还别着，笑闹成一片，各种拍照姿势都有，她听见一声喊，才发现是自家好友。

好友拉着她就跑，风吹乱了她的声音，她喊得特别大声："我们要拍照呢，快啊，就差你了，连老师都到了。"

鲜活都定格在按下快门的一刹那，也框住了他们再也回不去的时光。

直到从班主任手中接过毕业证书，她还有那么点不真切的感觉。

竟然就这样了，就这样了吗？心里面好像有什么正在溃堤。有些惶惑。

“从今天踏出校门起，你们就不再是高中生了。”她听见校长在毕业典礼落幕的前一刻这么说。

仿佛还能听见钟声响起。

不知道未来谁会变成什么模样，是不是事业有成西装革履，褪去青涩、磨去棱角，成为被社会认可的人，举手投足之间都带着沉稳。看起来有一个完满的生活。

仍然想在某条街上遇见时，会记得彼此的模样，会相互寒暄好久不见。也或许还会收到彼此的喜帖，会说我们都要幸福。

成长是一个人的事。或许彼此都只是途中惊鸿一瞥的旅人，注定萍水相逢，但还是想和彼此走一段，看四季更迭、看山光水色、看碧海连天——看一看未来能不能邀请彼此参与。

“哪怕我老得走不动了，我也不会忘记你。”

“所以，你也不会忘记我吧？”

岁月若荒唐，奈何旧人忘。记忆荒烟蔓草，能不能不说再见？

曾经我们在青春里猖狂，到头来才发现是一场空。人生大概就是这样，花了许多年只为印证一句曲终人散。

后来呢？没有后来了。不过是一个必经的过程，偏偏就是如此难以释怀。

青春大概就是一场兵荒马乱，尽管我们各奔前程，却仍旧希望能够殊途同归。

记得彼此曾有的张扬，也曾毫不惧怕与世界为敌。你曾在沙场金戈铁马，我曾为你开城，助你所向披靡。

锦瑟华年，可叹的是天真已逝，我们只是时光里的流沙，转眼之间就被风吹散。

——我们曾是少年。

将和你们在一起的日子缝进回忆，哪怕回首时早已满目疮痍，至少片段还能成诗，老的时候还能与你歌颂。

幸好，青春记得我们最好的模样。

愿你一生炙热，永不摧折。

毕业快乐。祝我们。

生活与时间有关

这个世界走得太快，而自己走得太慢，

慢得以为只要足够柔软，就可以不被时间伤害。

生活从来都不缺顺遂，却从来都不给予完整。

“宜人，我前天交给你的资料，今天下班之前可以处理完吗？”

被点名的耿宜人看了看手边所有今日待办的工作事项，思考了三秒后很肯定地对主管点头，“可以。”她已经暗自打定主意先处理主管急着要的部分，而在心里忍不住叹了口气，看来又不能准时下班了。

中午休息时，一阵手机铃声在安静之中突兀地响起，她看也没看来电显示就赶紧接起，对方在她之前便抢先开口了：“宜人啊，你今天下班后有什么安排吗？”

耿宜人听出是妈妈的声音，告诉妈妈要加班。

“噢，这样啊，那明天好了。”

“怎么突然问这个？”

“给你介绍对象。”似乎意识到自己女儿即将出口拒绝的话，趁着耿宜人还没有反应过来，只匆匆说了一句，“那不打扰你了，晚上回家小心。”就挂断了电话。

听着另一头断线的嘟嘟声，耿宜人有些愕然，甩掉手上的笔，忍不住揉了揉眉心，长吁短叹。

她知道自己已经快 30 岁了，她也知道母亲的用心良苦，但她只要一想起父母婚姻的失败，她就会下意识地排斥结婚的念头。

她真的不想结婚。

她是个普通白领，但薪水已经足够养活自己和母亲，只要不过度挥霍，甚至还能存些小钱。她和母亲两个人可以一起生活。

她从来都不觉得结婚是必要的。

耿母挂断电话后，正好走到了病房门口，抬头再次确认了病房号码才推门进入。合上门的同时有一个穿着白袍的身影正好从门前经过，门终于关上，完全隔绝了两方天地。

徐明澜一手接起电话，一手按了按鼻梁两侧，眼下有一层很浅的青色，不算明显，但很显然他已经很久没有好好休息了。“妈，我今天还有几台手术要做，今晚应该不会回家了，我直接睡医院附近的租屋处。”除了固定的几个地方，他还是认床，并没有住在医院提供的宿舍。

“知道了，我会的。”徐明澜又应了几声便挂断了电话。

重新将手机放回医师袍的口袋，他才认真思考起母亲和自己提起的事情——结婚。

三十出头的年纪，徐明澜在半年前正式当上主治医师，他已经没有太多的时间去陪伴自己的家人，更何况是谈恋爱。他是独子，甚至选择这条路不过是因为家人的期待。

他很忙，忙得不可开交，忙得没有时间去思考这么繁杂的事情。

对他来说，其实结婚不是必要，只是时间到了。

他脚步一顿，转了个方向，迈步走回自己的办公室。

“你还记不记得自己曾经的梦想？”

“如果时光能倒流，你有没有后悔过些什么？”

夜已深，耿宜人从梦里惊醒，额头一片冷汗。

她其实记不得自己梦见了什么。但她忽然很想哭。

她想起十多岁的时候，父亲和母亲离婚了。她并不意外，毕竟她也旁观过他们两人天天吵架的戏码，从房内吵到房外，他们的争执再也不避讳自己的女儿，一开始她只会哭，还曾经哭着冲上前试图隔开两人，她的父亲却总是一把将她拉开："大人的事小孩不要管。"

日复一日，她越来越麻木，尽管父母吵翻了天，她也不再去理会，只是默默地回到自己的房间，翻出过往那些在学校的画作《我的家庭》《我的母亲》《我的父亲》……边看边掉眼泪，模糊了纸张也没有发觉。

后来一张离婚协议书摊在桌上，她跟着母亲走了。

耿宜人适应得很习惯。

尽管父母离婚了，尽管这样的家庭对她来说并不算美满，但她的父母从来都没有不要她，父亲固定每个月都会汇钱过来，依旧继续栽培她上学和她爱的芭蕾。

她还是幸福的吧？她想她还是幸福的——哪怕从来都不完整。

与此同时，才刚结束一台手术的徐明澜，对一路上和自己打招呼的同人们依旧笑得温润，似乎完全没有一丁点的疲惫，但只要凑近点看，就会发现他眼里的血丝。

回到租屋处，徐明澜将自己摔进沙发里，不复刚刚在医院时的风清月朗，他扯开衬衫最上面的两颗扣子，呼出一口气，仰头盯着天花板，眼睛睁得有些发酸。

这样的情况已经不是第一次。

所有人都只看得见当医生的光鲜亮丽，他去年有一个父母介绍的对象，她说她的理想之一就是要嫁给医生，他笑了却没有说话。只见过一次面之后就再也没有联络了，后来父母问起两人状况，徐明澜只以“合不来”轻轻带过。

他想起他的前女友。大学时候在一起将近六年，之后他更加忙碌，一心都扑在课业和实习上面，挤不出多余的时间陪伴女友，后来，他们就没有“后来”了。

往事都如烟，记忆已斑驳。

哪怕夜再深，城市里总有灯火通明的一隅，像是留给那些辗转难眠的人们一个喘得过气来的出口，像黑色的海浪拍打在岸上，直到燃尽烛火，再重新带着心事入睡。

这个世界走得太快，而自己走得太慢，慢得以为只要足够柔软，就可以不被时间伤害。

生活从来都不缺顺遂，却从来都不给予完整。

正要出门的耿宜人，被母亲喊住，她有些疑惑地问：“妈，怎么了？”

耿母从厨房里探头出来说：“没事、没事，我就是提醒你记得下班要去医院看一下你侄女啊，我等下就要先过去，晚上不等你了。”

她这才想起自家侄女住院的事。“好。”说是侄女，不过算起来是表侄女。

这天，她没有加班，想起母亲的交代，匆匆收拾便急忙赶去医院。无奈她最近实在忙碌，这还是侄女住院以来第一次探望，哪怕母亲和她说过病房号码，担心忘记还特地写在便条纸上，结果一忙之下她就把写有病房号码的便条留在了公司。

在医院里，高跟鞋敲在地板上的声响显得大声，她一面试图放轻步伐，一面低着头翻找包里的手机，懊恼着自己的健忘，抬头的同时却也撞上了一个人。

“抱歉，有没有怎么样？”对方抢在耿宜人开口之前先一步道歉。

“没有，不好意思是我自己没注意。”耿宜人也和和气气地道了歉。

徐明澜上下扫了她几眼，确定对方真的没事，接着看了看手表便冲着她点了点头。“没事就好，那我先走了。”

几乎是耿宜人回神之际，徐明澜就已经消失在走廊尽头。

耿宜人没将这段小插曲放在心上，打电话询问母亲病房号码后，找到病房，推门而入。首先看见的是自己的表哥。因为是双人房，她意识到还有别人，声音自觉地放轻说：“表哥，我来了，糖糖还好吗？”

“表姑！”

刚刚离开的徐明澜收到通知，因为一起连环车祸的发生，所有伤员都直接送来了离事发现场最近的医院，导致人手不足，他正赶着去急诊支援。急诊里人来人往，步伐匆匆，血和消毒水的气味混杂，弥漫整个白色空间，卷进已经彻底暗下的天空里。

相比急诊室的凝重，病房里又是另一番景象。

“表姑，以后我想成为一名芭蕾舞者。”糖糖说得认真，稚嫩的小脸上却是前所未见的慎重，像是在对待一件极为珍贵的宝物。

耿宜人的表情有一瞬间的僵硬，却在眨眼之间恢复，语气温和地问道：“怎么突然这么说？”

“因为我很喜欢芭蕾啊，我想一直跳芭蕾。”

耿宜人安静地听着她说话，听着她小小年纪的大大梦想就忍不住微笑。糖糖四岁就开始学芭蕾，她是知道的，没想到已经三年过去了。

想一直跳芭蕾，她也想。

“表姑，你呢？有没有梦想？”

“当然有啊。我想赚多一点钱，让我的妈妈过好日子。”耿宜人笑答。

糖糖咯咯笑了：“表姑，不是这种梦想啦，是自己的、自己的梦想。”

“有啊，我有。”

她有，真的有。

哪怕现在的她是多么安于平凡，朝九晚五的日子她也能够过得很好，看似已经足够完满，但她清楚自己总是被生活追着跑，她必须独力支撑起一个家，母亲只剩下她了。

父母离婚后，没隔几年，父亲就因病过世了——那是她在父母离婚后第一次见到父亲，也是最后一次。

因为父亲的离开，家里的情况变得较为困难，培养一个芭蕾舞者是绝对需要不少花费的，母亲却已经没有多余的金钱能够让她继续学芭蕾，毕竟这也只算是业余兴趣。

她当时只是笑着说："没关系的，妈妈。"

真的没关系，真的，她知道梦想和面包的选择。

她知道割舍只是一个过渡，就像去旅行一样，在收拾行囊时也不能带走所有的家当。

割舍的那部分，会陪自己去看更远的风景。然后，再次回到家时，重新将行李里的衣物收进衣柜，所有悲喜也会跟着尘埃落定，她很快就会释怀的。

那些春光明媚的日子、那些年少时候的热爱，在岁月的辗转之下，终于油尽灯枯。

她现在已然不够年轻。

表哥推门进来，手里拎着刚刚下楼去买的热食，嘴上还嘟囔着：“今晚大概不会安宁了，楼下的急诊听说送来一批连环车祸的伤员，今晚值班的医生几乎都去支援了。”

耿宜人脑海里闪过稍早前在走廊上的片段，那个匆匆的身影。

所有事情像是连锁似的，得知最重要的线索后才一一被破解——原来那个人是要去支援的。

“宜人？”

猛然回神，听见表哥的呼喊，耿宜人正了正表情回应：“表哥？”

“谢谢你还特地过来探望糖糖，等会儿她妈妈就要来了，你今天上班也累了，早点回去休息吧。”

耿宜人走出病房，表哥也跟着出来，她示意他先将门关上，表哥有些不明所以却还是照做。“有话想说？”

“表哥，糖糖和我说她想当一名芭蕾舞者。”耿宜人将垂到颊边的碎发勾到耳后，声音莫名低了下来，“有梦想是一件好事，不要让她放弃。”

不要像她一样。

“医生、医生！我的妻子怎么样？她还好吗？医生，应该没有什么事吧？拜托告诉我她没事。”

徐明澜刚从手术室走出来，连环车祸里伤员的家属就跑到他面前，脸上满是泪痕，情绪已崩溃，连说话都忍不住颤抖，后来的语气几近哀求。

“没事了，不过还是要转到加护病房继续观察。”徐明澜敛下眼帘，坚定而温和地拍了拍男人的肩膀，然后跨步离去。

他还能听见那个男人在后面大喊谢谢你们之类的话。徐明澜闭了闭眼，没有回头。

他之前在急诊待过，生老病死在他的工作环境里早已经是常态，他曾经以为自己习以为常，而第一次的失败将他的年少自负扼杀在摇篮里。

那是他第一次救不回一条生命。

那是他第一次面对满手血腥却有种想吐的冲动。

那是他第一次哭，成年以来。

当年，那个患者也是因车祸进急诊的。

他刚拿到驾照，新手上路却碰上酒驾。很年轻，据说是高三的考生，才刚发榜，他确实优秀，为了减轻家里的负担半工半读，深孚众望地考上了知名大学，也是医学系。那么优秀的男孩子。

走出手术室，徐明澜就看见那名酒驾肇事者跪在伤员父母的跟前，他只是淡淡瞥了一眼，便将目光转向推开酒驾肇事者跑到自己面前的伤员父母，看着他们饱含希冀的眼神，他有些艰难地开口：“抱歉，我们尽力了。”

几乎是话落的同一秒，那母亲就已失去重心跌倒在地，没有哭却失魂落魄。

那名父亲的情绪也几近崩溃，却强撑着自己，蹲下身将妻子扶起来，很郑重地向现场所有的医护人员躬身道谢：“谢谢你们，真的很谢谢。”

徐明澜顿时哑了口，眼睛有些酸涩。

生死是这样的。

当日子越过越遥远，世界像蒙灰的玻璃失去光泽，他站在深渊里，把记忆走马观花，任时光刮过、悲伤流进血脉，他有一个不为人知的伤疤。

生活与世界无关，与时间有关。

天亮了。

“妈，我真的不想去。”耿宜人有些无奈。

“哎呀，你眼光别那么高，我帮你找的都很不错。”耿母在电话那头继续念叨。

耿宜人算了算，距离上次母亲想帮她安排相亲而幸好她那天加班，已经过了两个多月，她以为好不容易逃过一劫，却没有想到消停一阵子之后又故态复萌。

她知道母亲的担忧，但她真的不觉得一定要结婚，她们两个人一起生活不是很好吗？

她看了看手边的待办事项，蹙了蹙眉头，这次好像真的逃不掉了。

驱车前往约好餐厅的路上，耿宜人想，幸好是平日，顶多吃个晚餐而已，要是假日可能就会来个全天式的约会相亲了。母亲总把她当滞销品似的想赶紧脱手。

在等红灯时，耿宜人的余光似乎看见窗外有一个熟悉的身影。来不及细想，一群结伴同行的人们正好走过挡住那个人影，凌乱了她的思绪。

耿宜人趁着红灯的最后几秒又回头看了一眼，那里什么人都没有。

今天正好休假的徐明澜也没闲着，被妈妈叫去相亲，他对相亲并没有多大的抵触，不过是抱着逆来顺受的心态。

车子被他送去车厂定期保养，他在心里打着算盘，离家不远的餐厅可以直接步行过去，车厂就在附近，回来时正好可以过去取车。

到了餐厅，徐明澜坐定，看了一眼手表，距离约好的时间还有十多分钟，他早到了。他也不着急，只是拿出手机翻看积累了整天的信息。

直到一个身影停在桌边，他抬头看见后便站起身，扬起标准的职业笑容，温声开口道："你好，我是徐明澜。"

"冒昧问一下耿小姐……"对面的人彬彬有礼地开口。

耿宜人一一回复。尽管对方很有风度，她依旧莫名感到有些困窘，她大概是真的不适合这种场合，尤其还要跟见面不到一个钟头的人面对面吃饭。

幸好服务生来上菜，及时化解了她的尴尬，对面的人也刚好掐断话题。

耿宜人注意到对方的手，刹那间脑海里蹦出一个念头，她下意识地脱口问道："请问薛先生是医生吗？"

徐明澜走出餐厅，确认了车厂的方向便迈步离去，今天的对象因为自己有车先行离开了，而他知道今晚结束后，他们就不会再有联络了。

他逐渐慢下脚步，街上的行人匆匆，反而显得他有些格格不入。

耿宜人等着红绿灯，要过马路到对街的停车场，想到今天的薛先生带着歉意说“我不是医生”时，她忍不住笑了出来。她抬头看倒数的秒数，剩 18 秒……她眯了眯眼，好像看见那今天在路上望见的熟悉身影。

他也要过马路……剩十三秒。

他好像是……剩七秒。

她记起他来了……剩三秒。

是那个在走廊上和自己相撞的医生……剩一秒。

似乎是有所察觉，徐明澜抬眼望过来，和耿宜人的目光撞在一起，空气仿佛在瞬间凝结。

恍若一眼，已经足够深刻。

向光天使

一切都循着既定的生命法则，

所有人的故事早已经被刻画在掌纹里，

流进命运的血脉，未曾步步生莲，

却已泪流满面。

他坐在病房外的椅子上，红着眼眶，眼睛甚至还带了些血丝，有些疲惫地将整张脸埋进双手里，想起下午的事还有些恍惚。

那个他照顾了两个多星期的老爷爷，在下午的时候因为情况突然恶化，终究没有抢救成功，走了。

他记起刚进医院当实习生时，带他的学姐听说他选择读护理的缘由，只是轻轻地笑了笑，却略带哀愁地叹了口气，说一次次面对生死，人只会越来越麻木。当时的他很肯定地说绝对不会。

他只是害怕……害怕在时间的潜移默化下，自己的初衷变得面目全非。

他的选择不是意外。当年升学时的校系选择，他其实考虑了很久，在家人的期待和自身的渴望之间摇摆不定。后来家人终于被说服，他才得以走到这里。

或许别人不清楚他毅然决然选择读护理的原因，但他自己其实知道，这样的选择和过往阅读的那些书以及高一暑假参加的国际志愿者工作有关。

让他下定决心的，是什么？大概是他遇见了一群天使，看到那一双双清澈干净的眼睛。

当年他参加的团队是去偏远地区的学校，看着那一张张纯朴稚嫩的脸庞，看着那些孩子们对于求知的渴望眼神，还有脚下已经七洞八孔的鞋，他莫名有些心酸。

他知道，他并没有多伟大，哪怕他怀着满腔热血，但他那时根本还没有足够的能力。

他抬起头，直愣愣地盯着走廊的白色天花板，他才忽然想起自己第一次红了眼，是在实习时。

当时新生儿的加护病房中，有一个二十多周就出生的新生儿，本该是一对小姐妹，但是双胞胎之中的妹妹在出生一周就过世了。

双胞胎姐妹的父亲，披着一身风尘匆匆赶来，明明已经红了眼，却依旧站得如松树般挺拔，对着医护人员道：“谢谢你们，至少……至少我见过她了。”提起自家小女儿，他的神情变得柔软。

他设想了许多当听闻此讯的家长可能有的反应，唯独没有想过会是如此。他看着那位父亲揽着妻子走远的背影，眼角的温热终于落下。

后来，在儿科实习时，一位母亲把生病的孩子留在病房里，走出医院抽烟。直到他进去病房后，才知道原来孩子已经自己一个人待了两个多小时了。他正要转身离开去找家长，才五岁多的小妹妹却拉住他的衣角，双眼湿漉漉地看着他：“哥哥没关系的，妈妈累。”

“嗯。”他勉强地笑，摸了摸孩子的头，抿紧了唇没有再多说什么。

有一回，他照顾的阿姨是帕金森病病人，阿姨六十多岁，瘦瘦小小的，戴着细框的老花眼镜，看起来精明干练，而走路是标准的前屈姿势。

大抵是受工作的影响，她已经习惯了扑克脸，几乎无法有别的表情，起床照镜子就是一整天心情差的开始。

阿姨过去都住在美国，是一家大银行的计算机工程师，除了事业上的成就，她还有一个很美满的家庭，有爱她的丈夫、有为的儿子、贴心的媳妇，以及可爱的孙女，生活是绝对的惬意与幸福。

一切都很好，直到后来罹患帕金森病，于是和丈夫回台湾治疗，由于长年都待在岛外，在台湾并没有任何房产，于是就住在养生村里，治疗期间常常在医院和养生村两边跑。

平时阿姨给他的印象是严肃的，也不太搭理自己，尴尬是必然的。性格使然，好脾气的他面对如此情况也只是笑笑地摸摸鼻子，每天依旧耐心地为阿姨做例行检查。

后来关系缓和的转折点，是因为他恰巧碰上了阿姨过了药效后的颤抖——她使用口服药物治疗，但药效过了之后会有严重的四肢颤抖。他帮着阿姨倒水、喂药，并轻轻握住她的手，也许是感激，阿姨没有说话，却还是掉了几滴眼泪。

之后，阿姨明显没有那么排斥他了。

没过多久，她的丈夫就来了，大概七十岁的模样，很高，整个人看起来很健朗，总是一身格子衬衫搭配卡其色长裤，还戴着一顶贝雷帽。他的穿着以及言行举止，很显然是一个长年居住在岛外的人。和阿姨的扑克脸相反，他的笑纹很深，蔼然可亲。

老先生有一次偷偷和他说：“别看她现在这样，在美国的时候她真的很开朗，工作也很厉害，希望你多包容她，她自己……也不想这样的。”

看到自己的妻子变得郁郁寡欢，老先生说他也很难过。

他忽然想起，阿姨曾和他说过的那些不安和惶惑，心脏只觉得一阵紧缩。

“我生这个病已经很多年了，可是我一生都没有做过坏事啊，为什么要惩罚我？”

“每次吃药都像在吸毒品一样，可是不吃不行，不然更严重，就得吃更多的药了。”

“我不想这样，真的，相信我。我想好好生活，我想在美国的儿子、媳妇、孙女……”

我不想这样的。

阿姨已经回台湾治疗将近两年了，除了丈夫陪着她留在台湾之外，儿子和媳妇则忙得抽不出空回台湾看她。偶尔的视频电话，对于当年还不满周岁的孙女，几年时间不见，小孩子已经不太记得自己的奶奶了。

阿姨看着屏幕那头的儿子一家三口，尽管对于孙女已经记不得自己了感到有些心酸和难过，却还是忍不住破涕为笑。和站在一旁的他说："虽然我在这里，但已经没有关系了，至少我还能看到他们啊。等这个小可爱长大一些，就不会忘记我了。"小可爱是指她的孙女。

他的心头一时涌上太多复杂的情绪，看着阿姨的笑颜，他扯了扯嘴角，却没有笑。

对于生老病死，谁都无能为力，他也是，总归是有心却无力。

一切都循着既定的生命法则，所有人的故事早已经被刻画在掌纹里，流进命运的血脉，未曾步步生莲，却已泪流满面。

从当初的不忍心，他现在已经能笑着说没事。

真的，没有什么，只是、只是还是会难过。

他曾在金柏莉·史密斯的《越过黑暗的护照：揭露苏丹孤儿的真实苦境》（*Passport Through Darkness: A True Story of Danger and Second Chances*）上看过一段话："只有从未深尝过苦难的人，才会陷入自怜，而自怜让我们总觉得自己在受苦。"

他知道，对于生命的不公平，他已经太幸运。

对于物质和金钱的追求、烦恼三餐要选择吃什么、明天又要忙碌了，对于某些人来说，这些烦恼和忧虑都是在求得生命的安全之后才能够拥有的。

那样的日子离他们的生活太远了，无法想象，也不敢想象。

后来，在工作满五年后的几天，他离职了。

他打算当国际医疗义工。现在呢，他要做他人生中，对于自己来说，有意义的事。

直到他终于得到父母的同意，他的父亲笑着和他说："去吧，有人需要你。"

他也笑了，语气很轻松，话里的深远是对生命最大的尊重："是我需要他们。"

是他需要他们——那些匆匆过客，让他的生命有了不同的意义。

心之所向，他走在自己选择的道路上，抱着无限热忱，就连视野都辽阔了，拥有的是他人看不见的绝世风光。

他想起曾经在网上看过的一句话："心怀所爱，便一路高歌前行。"

他正走在路上，总不算辜负。

辑四

流离夜里，
你会找到回家的路

幸好是他，

有些人会在时光里越嚼越无味，

但他不会。

系一生红尘，

只为与他看一场人间烟火。

他许她倾世温柔，

她还他年年今朝。

你坠入岁月的梦里

我很好，

你一定也是。

只要你眼里永远晴朗，

我就不会流离他方。

去年有一件让她特别后悔的事。

是在 12 月初的时候，他和她说，他的圣诞假期抽出空后可以来找她，而她说了不用。当时自以为是地想着，他们都这么忙，而且要是他来了，她肯定会分心。

听见她的回答，他也没有表现出任何异样，只是笑笑说好。

之后几天她的心理活动都是，我说了不用。我说了不用。我说了不用。我竟然说了不用。

后悔了很久，她还是没有和当事人说。

直到他打来视频电话，很直截了当地和她说他人在机场。说不上来那当时泛滥出来的是什么情绪，她想，果然吧，他有他自己的计划，还有很多自己的事情要忙。

他的背景是候机室，后头有些旅客在走动，他戴着耳罩式耳机，合身的深色毛衣，腿上放着一本书，他的大衣就放在手边，只是短暂的等待，却叠得一丝不苟。

她一直都知道，他的品位和他的人一样，是沉淀在岁月里的优雅从容。

“等一下，就可以见到我了。”他笑得温润，一如当年，那个春风里的少年。

“啊？”

看见她明显的讶异，他的声音和着浅浅笑意流淌出来，“我后悔了，我很想见你。”

“我很想你。”

——等了那么久，时光总算把你还给我。

她忽然想起在《写在身体上》（*Written on the Body*）看过的那句话：“我只是想从你这里得到一个王冠，你却给了我一个王国。”

你却给了我一个王国。

人生是各自的，从来就是。

距离和时差是桎梏，在现实和理想之间拉拔，注定了与所想的背道而驰。

他是她所想，却非她能想。

理智、冷静、隐忍、自持、严谨。

其实多多少少还是有被他影响到，对于漫无目的、没有任何追求或理想的日子，她早已无法忍受，在自己有了方向之后，便更加贯彻执行到底，骄傲和自尊鞭策她不得怠惰和自弃。大抵也是这样的骄傲，她从来不问是不是因为没有其他人，所以站在他面前的才能是她；也不问那凭什么呢，凭什么自己能被他的目光拥戴，她只知道要让自己更好、再更好。

一直都是他，让她相信自己，他告诉她，她可以不只这样。

她正在努力，要走到他身边。

“你可以不热爱这个世界，但你要热爱你所热爱的一切。”

“包括你所拥有的，以及你能够得到的，因为只有你自己知道，这有多难得。”

当她一心想往高处爬、不愿蒙于尘埃时，他却告诉她：“亲爱的，爬得再高是一回事，而站不站得稳，却又是一回事。”

跌宕一生，避过万家灯火的寂寞，越过谁降落在谁身上的目光，但逃不掉的是现实。

谁都能陪你走一段路程，但他们从来都不负责承担你的苦。

他教会她的是生活。

比起囿于彼此身边待日落、等星沉，我更想和你去看一看这万里山河、如画江山。

如果你不怕晒，我们可以走一趟撒哈拉沙漠。如果你偏爱五光十色，我们就去远方看极光。如果你享受静谧午后，我们就在小乡村里细数天光。

那些你想做的，我都想陪你一起。

去年他陪她过完生日，没多久就回去了。

一切都循着既定轨迹，他踏着浩瀚银河而来，再携一身风尘而去。没有漫天雪花，也没有星光，在雨中跳舞的人们都散场了，灯火终灭。

生活是一个巨大的陷阱，时间是阴谋家，盗走城市的影子，熄灭下一个天亮的烛火。没有乌托邦，记忆绵延辗转，只留下他的轮廓。

他走了。还是走了。

她在一旁看着他有条不紊地整理行李，他的东西很少，一如既往。好像无论待在一个地方多久，简单的行李就足够。

“你的东西就这样吗？”

“最想要的带不走，那我带那么多东西有什么用？”

最想要的。带不走。

她一恍神，撞进他眼底莫名难言的情绪。

后来她还是跟着来了机场，却没敢再用眼光试图留住他渐行渐远的背影，或许还是太年轻，年轻得禁不起岁月的颠簸。

她喜欢接机，但不喜欢送机——尤其那个人是他。

她却始终没敢和当事人坦白，理智回笼，那些义无反顾全部不挣扎了。

他放开拖着行李的手，转身面对她，嘴角拉开好看的弧度，两手朝她张开，眼里盛满她熟悉的温情。“不给我抱一抱吗？”

她蓦地想起一个朋友曾经说的一句话：“我爱的人就在梦里，可是我带不走他。”

他就在那里，可是我带不走他。

去年九月。她在网络上的新闻看见曼哈顿发生爆炸事件，不大不小的爆炸。

当天早上看到新闻的时候心跳简直漏了拍，忘记是怎么拿起手机，又是怎么结束通话。

大概很冷静吧。故作冷静地拨出通话，深吸了好几口气，想着另一头的他接起时，该说些什么话才好。

响了好几声，突然觉得等待是一个太漫长的过程，时间的跨度被无限放大延伸，呼吸声被越来越急躁的心情熬得深重。

他接起来了、接起来了。终于吐出一口气。

他的声音仿佛穿越了光年和耳膜，和往常一样温润，却洗去了心上堵塞的阴郁。

她忽然说不出话来，他又喊了好几声，她才从喉间挤出两个字：“我在。”

那一头的他似乎笑了，像是刚刚心里下过的那场雨只是错觉，终于拨云见日。

人太容易和意外不期而遇。而她在这里，什么都做不了。

还是会忧心、会焦虑。那些理智、冷静，全部不翼而飞。

在他溢出笑声之后又延续了一阵沉默，她忽然发现其实沉默也可以让人如此心安，他的呼吸声比时光更缱绻、比岁月更柔软。

他突然开口：“我没事。”

听不见她的应答，他低声开口喊了她的名字，顿了一秒，又重复了一次：“你放心，我没事。”

“你放心，我没事。”他知道她要说的是什么。

“当时曼哈顿爆炸的时候，我不在那里，我已经回家了。”他缓慢而又似哄诱地喊了好几声她的名字，用因疲惫而显得低哑的声音说：“我没事，我很好，相信你也是。”

声声入耳，她的眼泪猝不及防地掉了下来。

我很好，你一定也是。

只要你眼里永远晴朗，我就不会流离他方。

她记起，某一年在纽约，一次出门，夏天的阳光刺眼，她才发现自己忘记戴墨镜出门。

发现她的懊恼，他问道：“怎么了？”

她老实地承认因为出门太匆忙而忘了戴墨镜。

闻言，他只是笑了笑，把自己的墨镜摘下来替她戴上，她的脸上挂着他的墨镜，她从包里翻出镜子照了照，忍俊不禁：“还挺好看的啊。”

“待会儿到哪里看到墨镜的话，再给你买一副。”

她看着他伸手，又为自己调整了墨镜、整了整衣领，忍不住开口：“说真的，从小到大，我看过你对待不同人的不同样貌，但以前我真的没有办法想象你对待爱人的样子。”

“那你现在看到了。”

那些别人都看不见的，他愿意在她面前坦露。

幸好是他，有些人会在时光里越嚼越无味，但他不会。

系一生红尘，只为与他看一场人间烟火。

他许她倾世温柔，她还他年年今朝。

灯火阑珊

相思之甚，寸阴若岁。

从始至终，

只一个人的名字，

就足以成全她的所有念想。

“你喜欢冰激凌吗？”

一道阴影落下，遮住上头的光线，柴溪直愣愣地抬眼，看清了来人——苏清哲。

她接过他递给她的冰激凌，笑容得体。“谢谢，祝你生日快乐。”

“不客气。”苏清哲敛下眼里意味不明的情绪，唇角弯起同样得宜的弧度。“谢谢。”

柴溪只看了一眼他走远的背影，便收回了眼神，再低头看了看手中的冰激凌，是香草口味，是她喜欢的。

七月，教会办了一个青年暑期营，对于柴溪来说，这是她第一次参加，当年的营队队长不出她所料是苏清哲——嗯，她想他大概属于天生的领导者吧。

而在营队的时候总有人和她说，苏清哲对她有意思。

“想太多了吧，我们的交集也没有很多啊，顶多是见面会打个招呼的普通朋友罢了。”柴溪一点都没有放在心上。

“明眼人都看得出来好吗，他长得好看啊，还有家世及工作也很好，你怎么不知道教会里有多少女生都喜欢他。”

这完全是无关的两件事好吗？柴溪抿着唇，没心思再听好友满满的“苏清哲多好”，视线被正好经过的人吸引过去。她小声地咽了一口水。

“温格。”柴溪喊住了正要离开教堂的他。

这是结束营队后两人第一次见面，当时温格是营队里的顾问，他和苏清哲是完全不同的类型，应该说是个性部分的差异，她知道温格几乎算是寡言，两人谈的话题永远是正事，从来没有谈过心事。

柴溪对于温格，还不到喜欢，但有些朦胧的好感——若是发展下去也可以。

温格停下脚步，像是突然想起什么似的笑着和她道贺：“营队结束前，我忘记恭喜你和清哲。”

她和苏清哲在营队的活动分别赢得了奖杯，一男一女的奖杯。虽然她始终不清楚自己是怎么赢的，或许是看她是新人？但苏清哲也不算是新人吧……

直到温格走了以后，柴溪才想起她好像有什么话没有和他说，她懊恼地敲了敲自己的头。

一声轻笑从身后传来，柴溪回过头，是苏清哲。

“晚了，我送你回家。”他从口袋拿出车钥匙，很自然地轻推着她的背往前走。

“我家很近……”柴溪想拒绝他的好意，却被他的一句“我不放心”堵住了嘴。

直到坐上苏清哲的车，柴溪才终于正视起之前在营队时好友和自己说的话。

他对自己有意思……是喜欢吗？

毕业之后，柴溪如愿地到了一家连锁的五星级饭店工作，从前台工作做起。

在这些时日里，她每个周日的早上都去教堂，都会遇见温格，却也仅仅是遇见，最多只是打招呼，连多余的话都没有说上。

相反地，她和苏清哲的交集多了起来——比如现在。

她正在收拾东西准备下班，一只手映入眼帘，屈着指头敲了敲桌面。柴溪抬头看见来人，没有多大的意外，“快好了，等我一下。”

“我刚刚在大厅门口碰见……温格？他来找你吗？”

“对啊，他送了这本书给我就走了。”柴溪收拾完，拿着温格给她的书在苏清哲面前晃一晃，然后收进包里，“我好了，走吧。”

“他就这样走了？”

“他本来想找我一起吃晚餐，但我说我已经有约了。”

走在前头的柴溪没有看见，她的话落下时，苏清哲正好扬起的唇角。

这几个月以来，柴溪其实早就清楚苏清哲的心思。

应该说不清楚也难——从最俗套的鲜花攻势到各种借口的约会……几乎样样全了。

“你真的是第一次谈恋爱吗？”柴溪很怀疑。

苏清哲抿了抿唇，目光清亮，装作自若地开口：“准确来说，是我第一次喜欢上一个人。”

柴溪诧异地望向他，却刚好撞进他眼里翻涌的情绪。

“我很喜欢你，柴溪。”苏清哲伸手握住她的，包裹在掌心里，声线有些紧绷，“是那种……想要生活里有你的喜欢。”

柴溪第一次看见苏清哲紧张。

那个在众人面前发言也不改颜色的营队队长，在她面前，紧张了。

那些没有柴溪的日子，苏清哲是怎么过的？除了他自己，没有人知道。

和柴溪分手后的这一年多以来，苏清哲是怎么过的？除了他自己，没有人知道。

苏清哲在他们分手后的一年零三天，收到了柴溪的信息，她说她想和他见面……其中的理由，苏清哲隐隐约约猜到了些什么。所以他决定赴约。

眼前人的眉眼比一年前更加成熟，妆容的风格似乎不同了，头发长长了许多，握刀叉的姿势还是没有变，用餐时仍然习惯性地将随身包放在自己的腿上——哪怕有些差异，依旧像极了他记忆里从未抹灭的，她的模样。

他记得啊，记得岁月，记得柴溪，他什么都记得。

似乎是酝酿好了一切的气氛和情绪，柴溪深吸了口气，“你可以和我说……你真的不爱我了吗？”

“可以。”苏清哲敛下眼帘，掩去眼底差点无法抑制的情绪，哑着声开口，“我不爱你了。”

原来说出这句话比他想得还要困难，尤其面前是她……他舍不得。

仿佛是为了说服自己相信，苏清哲又补了两个字：“真的。”

真的……那你相信了吗？

“柴溪？”

从往事里回神，柴溪赶紧回应身旁的好友，眼神却不自觉地瞟向另一个方向。

苏清哲。她默默忍住了想要走过去的冲动，远远望着他和几个朋友有说有笑，她深吸一口气，扯了扯嘴角，却笑不出来。她其实有些生气，为什么他可以这么若无其事地和他人欢笑，放任她在他身后兀自心伤？

苏清哲真的做到了她要求的事。

尽管他们真的越来越少在教堂碰到，却还是偶尔会有几次的巧遇，比如今天。

但她想哭。是她自己说不要再联络的，也是她自己说就算遇见也别喊她的名字的。

她知道很幼稚，但是她没有办法……没有办法装作他们还在一起。

当初他们几乎是顺理成章地在一起了。

所有恋人有的浪漫他们都有，所有的好时光都能以朱生豪写给妻子宋清如的那句话“我一天一天明白你的平凡，同时却一天一天更深切地爱你”来概括。

她以为这样就是一生。

苏清哲永远都清楚自己在做什么、想做什么。柴溪喜欢他的这一点，因为她知道这样才是苏清哲。但她也是因为这一点，心伤了好几个春秋。

在一起将近一年的时候，苏清哲因为工作越来越忙碌，电话越来越少、短信越来越少、见面的次数越来越少，柴溪越来越患得患失。

柴溪知道不能这样下去。所以他们约定好了，一个星期后再见面，没有浪漫的烛光晚餐，只是最闲话家常的一顿饭，因为比起晚餐他们还有更重要的事情要说——这段感情还要不要继续下去。

“你先说吧。”苏清哲坐在柴溪的对面，笑得一如往常。

“我想……”继续下去。

“我不能。”苏清哲垂下眼帘，语气轻得像是怕吓着了对面的人似的。

时间仿佛戛然而止，柴溪握着刀叉的手轻颤了一下，脸色苍白得可怕。

她没有想过他会这样说。

“那……还是朋友？”她听见自己的声音，镇定得出乎自己的意料。

她不想只是朋友。

“当然。”

柴溪伸出手，和苏清哲的交握。

她终于笑不出来。

“晚安。”柴溪匆匆丢下一句话，像逃跑似的推开车门下车，眨眼间就跑进屋里。

苏清哲看着她的一系列动作，他的背整个贴上椅背，揉了揉眉心，几不可闻地叹了一口气。

柴溪没有注意那部载她回来的车停在自家门口多久，她一进房门，隐忍整个晚上的情绪在一瞬之间像猛兽出闸似的爆发出来，她拨通了好友的号码。

“他不要我了……”

苏清哲说他不要她了，他真的不要她了。

柴溪还记得他们在一起后没多久，教会办了一个三天两夜的活动，那时候住在小山坡上的小木屋。走出木屋，脚下城市的一片灯火一览无遗，摇曳了整个夜晚。凌晨时候，所有人都撑不住进屋休息了，只剩下苏清哲和柴溪。

苏清哲转身去拿了自己的手提小音响，他们并肩坐在一起，时而谈天时而安静地听着流淌出来的慢歌，柴溪的头靠在苏清哲的肩上，没有多余的话语，只有几次偶然的眼神交会，心就软得一塌糊涂。

他们一同看日出，恍若如此就可以是一生。

所有无限温暖的美好却在那句“他不要我了”出口的当下坠入深渊，像那一夜未曾清醒的梦，在刹那之间轰然老去。

没有什么不同。和每天醒来的早晨一样，有父母亲的问候，有热腾腾的早餐，有准备上班的套装……还有一封苏清哲的早安短信。

柴溪拍了拍自己的脸颊，再低头看了一眼手机屏幕上的信息内容，就和往常一样。

对啊……他们还是朋友。是她自己说的。

柴溪盯着信息几秒钟，直接关了屏幕。她还是难受。

连续好几天，她都收到苏清哲的短信：早安、现在在做什么、早餐吃什么、现在在做什么、午餐吃什么、现在在做什么、晚餐吃什么、现在在做什么、晚安。

——就像他们没有分开过一样。

这样的状况直到柴溪发了短信给苏清哲后才消停，真的，他完全做到了她的要求。

原来这样也可以是一生，没有苏清哲。

“柴小姐，听说你没有对象，我可以介绍我表弟给你……”

“谢谢你的好意，不过，真的不用了。”

顶着精致的妆容，踩着一双黑色高跟鞋，以及一身标准的黑色套装，柴溪已经从初出社会的新人转变为成熟味十足的上班族。二十六岁，她知道自己已然不算年轻。

后来她换了另一家饭店，成了营销经理，专门负责举办活动，而在饭店里最常见的活动几乎就是婚礼。因为活动而接触到的客人有些会好意地想给她介绍对象，她的第一反应就是拒绝。

柴溪知道自己还没有准备好。

没准备好完全忘记苏清哲，没准备好接受新的一段感情，甚至走入婚姻。

这四年之间她想了很多，她其实很后悔为什么当初想的是“这段感情要不要继续下去”，而不是要怎么修补以及和好。到底是太年轻，从最早的气愤到后来的心伤，积年累月，她从来都没有释怀。不过是已经没有太常想起了，也不敢太常想起。

一天下班时，同事突然问：“柴溪，现在下大雨呢，你要怎么回去啊？不是说车被你姐借走了吗？”

柴溪愣了一下，才反应过来确实有这么一回事，正要开口回答时，同事又接着道：“等一会儿我男朋友要来接我，不如顺道送你回家吧？”

柴溪的眼神顿时黯了几分，只是笑着摆了摆手，婉拒同事的好意，说：“不用了，谢谢你，我等会儿自己叫车回去就行了。”

柴溪等在饭店的大厅门口，姐姐打电话来说要来接她，她没有像刚刚婉拒同事一样，总归还是有亲疏之分，尤其麻烦的是别人的男朋友。

男朋友，她下意识地想到苏清哲。

这几年，柴溪已经很少参加青年社团的活动，周末去教堂的时候也总是很恰好地错过苏清哲，像是说好了一样避而不见。分开后，她讨厌听情歌、她排斥快乐结局的电影、她已经不看罗曼史小说，再也不敢相信所谓童话。

她知道她很情绪化，她知道她很任性，但她的心伤无处宣泄。

柴溪记得有一次，也是下雨天，苏清哲打了电话来，说他要来接她。

当时她还没有自己的车，根本不存在车被借走的问题，她不习惯麻烦别人的男朋友，但苏清哲是自己的男朋友……她欣然接受。

他们分开之后，尽管已经很少遇见，但她偶尔还是会从共同的朋友那里得知他的消息，她还是会因为是好消息而为他感到高兴，同时却也害怕哪天会听见他有新对象了，幸好从来没有。

饭店的大厅门口，人来人往，却没有人注意到站在角落的一身标准套装的成熟女人，像个刚入小学、不肯父母离去而啜泣的小女孩，狼狈地哭花了妆。

苏清哲、苏清哲、苏清哲、苏清哲、苏清哲。

记忆是轮回，有关他的都纷至沓来，唯他的归期杳无音信。

相思之甚，寸阴若岁。从始至终，只一个人的名字，就足以成全她的所有念想。

“柴小姐，你还没有对象吗？我有一个朋友正好也是，我可以介绍你们认识……”

已经是多次遇见这样的状况，柴溪都是下意识地想要拒绝，但她突然想起自家亲姐和她说的话——她已经二十六岁了。

心思一动，她没有再像过去一样拒绝，反而爽快地答应了。

苏清哲……她可能等不到他回来了，应该说，他们大概再也没有可能了。

“柴小姐，你看看要吃什么？”对面的人穿一身正式的衬衫和西裤，笑得温和，伸手把菜单推到柴溪的面前。

这是第二个。和上一个人一样，柴溪都会不自觉地把他们和苏清哲比较。

外表？苏清哲胜。

穿着？苏清哲胜。

谈吐？苏清哲胜。

气质？苏清哲胜。

个性？苏清哲胜。

工作？苏清哲胜。

如果有人问她，她喜欢什么类型的，她肯定会说只要像苏清哲就好——只要是苏清哲就好。

吃完晚餐后，柴溪婉拒了相亲对象说要送她回家的好意，只是借口说自己要在附近走走，对方也没有勉强她，就先离开了。

他们是在百货公司里的餐厅吃晚餐的，柴溪说的要在附近走走也不过是逛一逛罢了，而且她只要一比较相亲对象和苏清哲……她就整个人都不好了。

柴溪完全沉浸在自己的思绪里，完全没有注意到前方的人。

“柴溪？”对方出声喊住她。

是这声音。“温格？”

一身休闲服，很显然只是来走走，几乎四年没有见到的人就坐在自己对面，眉眼比过往成熟硬朗了许多。柴溪突然想，那现在的苏清哲，又是什么样呢？

温格见对面的人儿看着自己出了神，也没有多想什么，他早已经知道柴溪和苏清哲之间的事。只是抿了一口咖啡，首先打破沉默："我今年年底要结婚了，等过些时日，你就会收到喜帖了，非常欢迎你来参加我的婚礼。"

柴溪有些惊讶，她才恍然意识到光阴荏苒，时过境迁，有太多事情都已经不复当初，就如同她已经记不得当初对温格那种朦胧的好感了——唯有她心里的那个人始终过不去。

柴溪静静地听着温格说话，看着温格提起未婚妻的温柔模样，被生活折腾的尖锐仿佛都被磨平了，她忍不住跟着微笑，真好。扶在咖啡杯边上的指尖被咖啡飘散的热气蒸暖了。

"你和清哲呢？"温格突如其来的问题让柴溪的手蓦地一颤。

她扯了扯嘴角，"我们……就这样了吧。"

"你是真的不知道吗……你们俩的公司就在对面，竟然都没有见到？"

"你、你开玩笑吧？"柴溪是真傻了，"那他知道吗？"

"当然知道，这还是他和我说的。"

在那日之后，几乎是惯性地，上下班的时候柴溪都会抬头望向对面那间办公大楼，原来这么多年以来他们距离彼此那么近，原来苏清哲在她抬头就能看见的地方。

今天又有一位客人想给她介绍对象了，柴溪再次拒绝了，没有为什么，只是刚好今天是她和苏清哲分开的第四年又五个月。

二十六岁的尾巴，她就要二十七岁了。

和以往一样，柴溪忙碌完之后准备下班，她的同事突然问："柴溪，现在下大雨呢，你要怎么回去啊？不是说你的车被你姐借走了吗？"

好熟悉的对话。柴溪这才想起今天的情况就和之前那次一样——下大雨，但是她没有车。

果然下一句就是："等一会儿我男朋友要来接我，不如顺道送你回家吧。"

"没关系。不过真的不用了，谢谢你。"柴溪再次婉拒了同事的好意，拎起包包，和同事挥手道别，踩着高跟鞋离开了。

柴溪再次等在饭店的大厅门口，看着外头的滂沱大雨叹了口气，从包里翻出手机，拨出自家亲姐的号码救急。

一双皮鞋出现在她的视线里，柴溪眨了眨眼，直愣愣地抬头。

"柴溪。"那个她梦里会出现的声音。

那个她梦里会出现的人，撑着一把伞朝她走来。

那个她梦里会出现的人，撑着一把伞朝她走来，就站在她的面前。

那个她梦里会出现的人，撑着一把伞朝她走来，就站在她的面前，对着她笑。

“嘟嘟嘟……您拨打的号码无人接听……”

Looking back, I'd say my story is an incredible one.

Who would have thought that after 4–5 years apart, God will still bring us back together?

Who would have thought that after years of moving on, I would be ok and get back to the same person who caused me so much heartache?

We were really meant for each other, by God's grace.

Of course, there are misunderstandings and petty quarrels but we were more mature in handling them, thank God. It was also a time to know each other deeper.

Now 7 years onto marriage and we still have our ups and downs.

But what is most important is we take it one step a time—together.

We are really meant for each other, till death do us part.

The Answer to My Question

心跳在耳边震耳欲聋，

鼓吹自己几近明目张胆的心意。

她的手指不自觉地捏紧书角，

她分不清楚拂晓而至的是自己的屏息还是他的气息。

“嘿！”她拍了拍女孩的肩。

女生不自觉地咬着笔头，看着眼前的题目，却下不了笔计算。听见她的声音，正纠结着眼前题目的女生整个人像惊醒似的，愣了一下才抬头看向来人。“怎么了？”

“这是数学老师给你的，说是你和她要的。”她把几张试卷递给女生。

“谢谢啊。”女生把试卷收起来。

在她要走时，女生却又突然叫住她，做了个拜托的手势，可怜兮兮地看着她说：“求救这题。”

盯了题目整整五分钟，她诚实地和女孩坦白。“这我也解不出来，不然，我帮你问问别人吧。”

“没关系，我再算算看好了。”她又埋头继续算数学了。

女生的父母对于她的学业有严苛要求。

大抵是因为他们家庭的关系，父母都是教职人员，兄姐又都是在国外名校就读，以致她的压力不是一般大。

她也确实没有让家人失望，成绩始终拔尖，标准的好学生，脾气甚至还好得不得了，总是和和气气的模样——至少她还没有看见谁能像她这样。

有次期中考女生的数学考差了，她一拿到考卷就开始掉眼泪。所有人都面露无措，手忙脚乱地想安慰些什么却又不知道该怎么开口。

每个人对于“考差了”的标准都不一样，建立在自身的能力基础以及期望之下，难免对于他人的“考差了”难以感同身受，抱持着一种“你明明考得那么好还说什么考不好”的心理偏见。

但终究不一样。再怎么样，始终不会知道对方对于自己有多失望。谁都不是谁，尤其是她，一个被“高标准”以及“高期望”束缚的学生。

难道她就不会做任何脱轨的事吗？她会。

她确实是个标准的好学生，她在几年前开始和朋友一起玩网络游戏，也就是所谓的网游。当初一起玩的朋友已经不玩了，没想到她却一玩就玩了三年。后来没有继续玩的理由也不是因为厌倦了，只是因为那个游戏关了。

当年游戏结束之前，她和游戏里的几个队友都留了联络方式，后来他们偶尔会用通信软件聊天，在她的印象里，有个男生很特别——因为他从来没有在群里说过话。

需要团队合作的时候，手指忙着敲键盘跑位、放技能等的，为了省去还要花费力气和精神同时与群里的人打字沟通，他们大部分习惯用语音软件对话，所以几乎所有人都听过彼此的声音——但那个男生是例外，他还是规规矩矩地打字。

是没有买耳麦，还是因为声音不好听呢？她偷偷猜测过各种他不说话的理由。

那个男生大她三岁，读的是统计系。

尽管有了通信软件的联络方式，他还是没有用过语音，他只在群组里和大家留言说：“如果有不会的可以问我，数学之类。”他说他本来是要读数学系的。

群组里的队友都是差不多年纪，高中生居多，他是少数的几个大学生。

“那你问过他问题吗？”她问女孩。

只见女孩一脸不好意思，“嗯……当初期中考之前我不是问了你，结果你也不会的那题吗？我后来真的拿那题去问他。”

“他还一步骤一步骤地把过程写给我看，我又问了他几题，他都认真替我解题。不是有句话这样说：‘认真的人最有魅力。’虽然我看不见他，也没听到他的声音，但当时真的觉得，这个男人太有魅力了。”

之后好几次，只要遇到不会的问题，她都习惯性地去询问他，回复她的永远都是耐心且认真的解析。

除了读书之外，这是她第一次，面对一个从没有见过的人，莫名产生了些许怦然。

她从来没有想过这点小怦然最后竟然会……发酵。

后来她如愿上了理想的大学，尽管没有和她的兄姐一样申请岛外大学，而是选择留在岛内，却依旧有不错的归宿。

很久以后，她证明了这真的只是一个巧合——她选择了统计系，然后她……谈恋爱了。

她没有想过自己还真的能听见他的声音，甚至看见他的样子。

他是同校的同系学长，不过她大一的时候，他已经大四了。

知道是“他”，还是因为和系里聚餐时互相加联络方式才认出。通信软件上的昵称和头像，很显然地，他们已经加过好友。

他当时的位置就被安排坐在她的对面，她其实没有多么注意他，毕竟她根本没有想到他们原来彼此认识、没有想到竟然在这种情况下见面了。

在见面之前，她总是在猜测，他究竟是一个什么样的人。

话少、单调、认真、上进？那些推测在见到他之后全部被推翻。

他就坐在她的对面，衬衫袖口翻了两折，没有她以为会有的斯文眼镜。在发现原来认识之后，她终于朝他投去目光，只见他的神情也带着讶异，却也很快地接受了。“原来是你啊。”

“没想到你最后成了我的学妹。”

“嗯……这是巧合。”她支支吾吾地干笑。

闪过无数念头，她脑海里最鲜明的想法是——老天，她今天完全没有打扮。

他一眼不错地看着坐在对面的女生，许是他的目光过于直接，女生为了摆脱尴尬而不自觉地一直在整理自己的头发，又或是假意低头翻找着包包，到最后连他都不敢直视了。

他有点想笑。

他记忆力很好，他甚至还记得他们最后一次的对话记录停在两天之前，她和自己分享出门踏青的趣事。其实在她考完升学考之后，他们的对话就不再局限于“数学”“问题”“解析”，而开始多了些别的内容。

但是，就连精于计算的他，都没有想到那个总会跑来和自己问数学、两天前还在屏幕那端和自己聊天的小女生，现在竟然就坐在自己面前。

他忍不住感叹，这大概是缘分吧！或许是一个好的开始，他想。

因为同校的这层关系，他们渐渐有了较多的交流，只是他依旧不会用语音通话，她想，大概是习惯使然吧。不过没有关系，毕竟她连他本人都见到了，不是吗？

他们时常有一搭没一搭地聊着，直到一个晚上，他发来短信：“上次你问我的那个问题，不如明天去学校的图书馆，我再帮你解题吧！”

如果说，从她心动开始的每一次见面都算是约会的话，那他们的约会地点就是学校图书馆，从来没有变。她顿时有些哭笑不得。

而屏幕另一头的他看着已经被读取的短信，抬手覆住自己的双眼，忍不住低笑出声。

好像又回到过去，他们隔着屏幕，一个负责问问题、另一个负责解答问题的模式。

现在唯一的不同是她就站在自己的面前，眼里有皎星，也有明月，还有……他。

在通信软件的群组里，好友几个人听说了她的事，全部感叹着命运的巧合，好友噼里啪啦地说了一连串的话：“这不是缘分，告诉我什么才是啊！这根本是小说或电视剧才会有的桥段！你们确定你们只是单纯的学长学妹关系吗？我不相信经过之前的相处你会没有任何感觉，三年哪三年，这算不算是网恋啊哈哈哈。”

“我们只是相识在网上，熟悉在现实。”她义正词严地纠正。

“你少骗人了，我估计没多久就有好消息了。”

她是有那点心思没有错，那他呢？

毕竟他曾是她遥不可及的念想，现在却成为她触手可及的未来。

从最初的倾慕到现在，她似乎越来越贪心了。

假日图书馆的人依旧很多，却安静得让人有些窒息，沙沙的翻页声，以及笔尖碰触纸张的细碎声音，和偶尔有人起身椅子摩擦地面的声音。

她很紧张，非常紧张。心跳在耳边震耳欲聋，鼓吹自己几近明目张胆的心意。她的手指不自觉地捏紧书角，她分不清拂晓而至的是自己的屏息还是他的声息。

他微微躬着身，一手撑在她身侧的桌上，一手还插在口袋里。

“这题不是这样写的。”他伸出放在口袋里的手，要拿过她手上的笔，无可避免地碰触到她握笔的那只手。

啪的一声，笔被她甩掉了。

“怎么冒冒失失的。”一声低笑，他弯身捡起被她甩到地下的笔，重新交回她手中。

“谢谢。”

她再次整理好思绪，把注意力放回眼前的题目上，他就在一旁时不时地指点她，像是回到了她高中时候，他隔着屏幕为她解题一样。不过比起当时，现在似乎更有——嗯，临场感！

其间有个学姐走过来，不知道和他说了些什么，她只听见他似乎是婉拒了那位学姐。

等到学姐走了之后，她抬头，正好对上他看她的眼，她忍不住提出刚刚的疑问："学姐是要问你问题吗？"她想不出其他答案。

他直直地望进她的眼底。"她问我有没有空。"

"约会吗？"她握着笔的手僵了僵，故作玩笑地说。

女生似乎没有发觉自己的语调已经失了真，他沉吟片刻，语速故意放慢地说："你知道我为什么还在这里吗？"

"什么？"她有些茫然。

他接过她的笔记本，细细看着她刚刚写下的痕迹，再抬头时，目光清亮得让她不自觉地想避开，"我的有空可是看人的。"

她清楚听见自己如雷的心跳，几乎要跳出胸腔似的，还有某种呼之欲出的情绪。

"我的有空……是留给女朋友的。"

我想陪你温柔终老

后来她看着他，开始看不清他逐渐佝偻的身影，
只依稀记得年少时候，他们初次见面，
她含怯的眼不敢看他，他却朝她微微一笑。

是从什么时候开始的呢？

当看见父母随着时光苍老的容颜，忽然就平静不下来了。

姐姐大学的时候，在外地读书，一个月才回家一趟，那时候她还是个赖在家里的高中生，每天都能看见父母亲，当时没能明白，为什么回一趟家，姐姐的眼眶就会红一次。

那年她高中将毕业，爷爷因为跌倒骨折住了院，因为姐姐还在外地，所以每每去医院探望的时候，她总会要求打电话，她说她想和爷爷说说话。

以往姐姐打电话来，爷爷在休息的话，奶奶都把爷爷叫醒说："你孙女要和你说话。"

爷爷哪怕再困都会打起精神，耐心笑着听姐姐讲个没完，偶尔应个几句。现在也是如此。

最后爷爷休息了，姐姐就开始和奶奶说着话，后来不知道怎么地说到了她将毕业的事，姐姐在屏幕那头和奶奶说："我大学的毕业典礼你们也要来参加哦。"

奶奶小声地说了句："唉，还不知道能不能活到那个时候哩。"

姐姐没听清楚，问奶奶说了些什么，奶奶却没有再多说，只是笑了笑说一定会去。

姐姐没有听到，站在一旁的她却听到了，整颗心像被针扎似的，密密麻麻地疼。

这个世界其实有大半部分是公平的，一个人会有软肋，却也同样可以有铠甲。

她想起以前曾经看了一本书，里头一个角色，他已经活了很久很久了，他说他已经记不太清楚千万年前的事了。他是一场灾难的幸存者，在那场灾难里，他是极为幸运的，因为他活下来了，甚至拥有了更强大的力量，也终于他永远都死不了。

一年、两年、一百年、一千年，甚至一万年了，他没有任何亲人和朋友，他的生命像是一个无限期的循环，他的名字横亘了整条历史长河，始终没有尽头。

他看着身边的人一个个老去然后死去，唯他依旧生机蓬勃。

他可能会看尽世间百态，度尽每种苍白的缘劫，他四海为家，已经没有归路。

她想起自家好友，从初中就认识，一直到高中同班，她是个特别大大咧咧的女孩子，直爽得可爱，总是乐观得像没心没肺似的。

那时候班上一个女生和男朋友分手了，和她们几人哭哭啼啼地说好难过、好心痛，为什么人生这么苦之类。当时好友听见，她没有忍住直接开口骂："哭哭哭，哭个屁啊！我奶奶上礼拜过世了我都没有像你这样，自以为醉生梦死吗？你的人生就这样了吗？只会说想死，那你为什么还在这里？够了，别以为你的痛苦有多伟大，我告诉你，摆在生死面前，什么都不是。"

当时她骂傻了那个女生，也吓坏了其他人，因为好友骂完话突然就哭了。

然后她还想起了那个少年。

他的父母因为工作的关系，经常出差，他又是独子，几乎是和他的祖父祖母一起度过那些漫长的岁月。他的性格从小就差不多是如此，只是那时候比起现在的他，更爱笑，活脱脱是个阳光少年。

十五岁那年暑假他只身前往西班牙进修，却没有想到这一别，是再也不见。

当时他还在西班牙，他的父母本来想等到他的课程结束回来再和他说的，却没想他还是知道了，可是因为父母的要求，他只得等、等到课程结束，才马不停蹄地赶回纽约。

他不知道怎么回事，明明在他离开之前都还好好的。明明。

没来得及见他祖父的最后一面，他面对的只有一盒冷冰冰的骨灰，已经没有任何余温。

锥心的痛、刺骨的疼，始终是跨不过的槛。

他更冷静了、更理智了、更懂得隐忍了，他的笑容浅了——从此不见天真，再无少年。

她记得在很小的时候，姑姑过世了，她那么年轻，只是在病痛的面前仍然显得不堪一击。所有人都在哭，当时的她还没有反应过来生死是这么一回事，还来不及风干眼泪，所有的悲喜就都尘封于那个小小的骨灰盒里。

直到后来的后来，她才明白那是一种多么压抑的心情。常常听人这么说，活下来的才最痛苦，要承受巨大得难以消化的悲伤，要带着一辈子的心事继续活下去。

——可以忍受生离，承受不起死别。

还是太年轻了吧，生命始终是一个漫长累积的过程。

或许如今的岁数还撑不起谈论“人生”。

后来得知外公病重，情况不乐观，很可能撑不下去。

“我先去看看外公，如果有任何……消息，你们再和阿姨一家一起过来会合。”母亲和阿姨收到消息之后这么决定，母亲就匆匆打包行李飞去纽约了。

其实所有人都懂，所谓的“消息”就是“坏消息”。母亲交代了，如果情况乐观、一切安好，那就别过去了；要是情况不乐观，就准备好黑色或白色的衣裤和鞋子。

以往回纽约的心情是愉快的，那是第一次，她对于回纽约产生强烈排斥的念头。

她已经记不得是多小年纪，只记得那是在姑姑过世后，又一次地面临生死。

外公的身体状况早已不如以往，就算心里隐隐约约有预感，但在真正来临之际，还是难以置信。

他忘记了他说过的话，忘记了他自己是谁，忘记了结发多年的妻子，也忘记了他的所有家人。

那是一个基督教的殡仪馆，装潢得像饭店似的豪华壮丽，在一种诡异的庄严里塞满难掩的悲戚和肃穆里附带的沉重。来到这里，全身的神经都似戒备般地紧绷，步伐不自觉地放轻，连呼吸都小心翼翼。

在那里待了一个星期。里头就是一座小型的教堂，几乎一应俱全了，还有一个小房间，是个休息室，有沙发、有电视、有桌子甚至还有卫浴设备。

唯一不同的是灵堂的最前头，摆放了一副棺材。

躺在其中的人，周身放满了鲜花，他穿着帅气，面目安详，依旧鲜活。

她看见外婆整个下午坐在那里，默默流泪，再虔诚地合着掌祷告。才多少天，外婆的头发又白了许多。

再等等吧、再等等，他肯定会醒来的，外公只是、只是睡太久了而已。

不会有事的，是吧？

那天，一样是在殡仪馆里，所有人都跪在地下，含着泪，眼睁睁地看着那副棺材被推进火化场，门再次合上，从此不见天日。

情绪在一瞬间溃堤。她哭得声嘶力竭，直到旁边也哭得泪流满面的姐姐把她拉起来。

直到这一刻，那些拙劣的谎言再也骗不了任何人，才真正意识到，外公是真的、真的不会再回来了。

她再清楚不过了。

再也没有人，牵着她们的手说："等一下我带你们去吃你们想吃的汉堡和薯条。"

再也没有人，陪他们坐在庭院里，晒一整个早上的晨光。

再也没有人，让他们坐在自己腿上，念一整个下午的童话故事。

再也没有人，用那双苍白无力的手，推着自己的轮椅靠近，只为摸摸她们的头。

再也没有人，再也没有他。

嘿，我亲爱的外公，不是说好了，要带我们去一次那个新开的游乐园吗？

后来没有了童话故事，变成了外婆给她们说她和外公的故事。

说起和外公的事，外婆的眉眼里含笑，只是逐渐加深的皱纹却夹着敛不去的哀愁。

“那个时候啊，你们外公……”

她的脸庞刻了岁月的痕迹，他的眉眼也染了风霜，他们就要被时间剥夺走剩下的风华，他们的记忆开始潮湿，开始有了缝隙，那些几不可见的裂痕逐渐崩解，或许时光一老，他们就会忘了彼此。

他们终有一天会忘了彼此。

后来她看着他，开始看不清他逐渐佝偻的身影，只依稀记得年少时候，他们初次见面，她含怯的眼不敢看他，他却朝她微微一笑。

少年，你可愿做我的良人？

姑娘，你已成我的心上人。

升平早奏，韶华好，行乐何妨。愿此生终老温柔，白云不羡仙乡。

愿此生温柔终老，白云不羡仙乡。长情不问朝夕、不争日月，万代千秋，只愿执你情深，伴我余生。

有生之年，我都陪你一起。

有姐姐的妹妹像个宝

血缘已经注定了在有生之年会认识这个人、
会和这个人熟悉、会和这个人成为亲密的家人——
所有的遇见，都是时间耗费一生的伏笔。

她有一个姐姐。

从小时候的打打闹闹，到长大的吵吵闹闹，最大的转折点应该是从姐姐离家上大学开始。

两个人在许多方面都南辕北辙，比如姐姐不想离家太远，而她却想出国留学；比如姐姐是显性的好脾气，而她是隐性的拗脾气；比如姐姐是天生的开心果，而她是后天的闷葫芦……还有很多很多的“比如”。

姐姐很优秀。在所有人眼里、在妹妹的认知里。

姐姐高中毕业后，爷爷奶奶出钱送了她一台新电脑，为了日后上大学使用。

当时父亲语重心长地和她说："不要太在意姐姐有电脑，等你以后上大学也会有。"

她懂了，父亲大抵是怕她心里不平衡。她有些想笑。

其实比起姐妹，她觉得她们更像是朋友。她甚至没有多大的"因为姐姐很优秀所以我也要像她一样"的想法，许是小时候过得太没心没肺，年龄渐长后有了自己的想法、有了自己的方向，根本无暇顾及或是猜测他人的心思。

应该说，她在很多时候是一个很活在自己世界里的人——心大，也是一种长处吧。

当年姐姐离家上大学，初到一个相对陌生的城市，一手揽着对于大学新生活的满心期待，一手捧着初来乍到还尚未轻车熟路的惶惑——就要一个人独自生活了。

八月底的一天，全家一起带着姐姐的行李还有住校的用品，大包小包地驱车前往学校。帮着搬上楼，因为有重物直接和宿舍的管理人员借了推车，再跑去领先前和学校订好的床垫，来来回回跑了几趟，所有人都出了满身汗。

"还可以啊，反正姑姑家在这里，你周末还可以去他们家。"

环视着六人宿舍，她打趣地说。她知道真正让父母亲放下心来的原因，是这座城市里有认识的亲戚方便照拂。

母亲忽然插了一句话进来："姐姐，有空就要回来哦。"

"会啊，不然我还要去哪里。"姐姐自己先笑了出来。

听着母亲和姐姐的对话，她忽然想起龙应台写在《目送》里的那一段话："我慢慢地、慢慢地了解到，所谓父女母子一场，只不过意味着，你和他的缘分就是今生今世，不断地在目送他的背影渐行渐远。你站立在小路的这一端，看着他逐渐消失在小路转弯的地方，而且，他用背影默默告诉你：不必追。"

好像无论到了多大年纪，永远有人担心你照顾不好自己、永远有人担心你的安危、永远有人担心你远在异乡有没有吃好、睡好。永远有人担心你。

这恍若一个必经的过程，以此锻炼更加成熟的适应力、打磨更加坚韧的抗压力，是再也困不住囚鸟的自由年代。一步一步，越走越远。

回家，这个词忽然变得不再那么理所当然，每每想起都热泪盈眶。

开学前一周，有申请宿舍的新生都已经正式入住，姐姐也终于见到了即将相处一年的其他五个室友。她在隔天晚上打了电话来，兴致高昂地和家人分享趣事：“住在宿舍的第二天早上起来，我全部的室友都说她们昨天晚上哭了，因为想家。”

她顿了一秒，接着道：“害我都不好意思和她们说我昨天晚上睡得挺好的。”

从小到大，每每要过马路时，姐姐总会习惯性地扣住她的手腕，拉着自家妹妹一起过马路。直到现在还是如此。

对于这样的小小举动，她在过往并没有多余的想法，长大以后才明白了，有些人给的不是盛大的一夜狂欢，而是最零碎的朝花夕拾，逾年历岁，铺成遍地花开，十里飘香。

姐姐上大学后，基本上每天都会打电话回家，哪怕是期末考周也会留个信息告知这几天要读书。姐姐非常恋家，从很小的时候就表现出来了。明明是亲姐妹，和姐姐的“研究要不要离岛，之后再决定”相比，她则抱持着“我非常确定我将来要离岛留学”的念头就相对奇葩了。

她在熬过地狱时期后，参加了学校举办的教育旅行——时间点掐得刚好，报名单上还特别注明了“高年级为主”，完全就是为刚考完试的高三生办的。

到达当地的晚上，姐姐打电话来，她也没有避讳同寝的好友，直接开了扩音。

说了好一会儿的话，挂断后好友突然说了一句："你没有妹妹，对吧，所以你刚刚是在和你姐姐通电话。"显然是直述句。

"对啊，是我姐姐。"

"除了她叮咛你那些什么的，声音啊语气啊我真的还以为是妹妹。"

后来她和姐姐说起这件事的时候，姐姐一脸得意地说："是说我年轻啊，同学好眼光。"

她笑着无语，不知如何破解姐姐的自恋系统。

姐姐很省，每每放假回来，总是要把在外地没有吃到或喝到的东西补回来。有一回，她趁着母亲下班之前打了电话过去："妈，姐说她想喝木瓜牛奶，我也想喝。"

"好，还要什么吗？"

她想了想，回答："没有了。"

母亲回家后，姐姐看见桌上的木瓜牛奶，拖鞋踩在地板上嗒嗒地跑进房去问母亲："怎么会买木瓜牛奶啊？"

"妹妹说你要的啊。"这下换母亲疑惑了。

"我没有啊……"

她突然冒出来，手里已经拿着一杯插好吸管的木瓜牛奶，笑眯眯地说：“其实是我自己想喝。”话落，她成功得到母亲的笑声还有姐姐的白眼。

她还记得，年纪较小的时候，总听旁人抱怨自家的手足如何讨人厌，还未能厘清对于身上流淌着和自己有着相近基因的人的复杂情感，就必须先抱持着要和这个人相处的心理准备，排除其余意外，血缘就已经注定了在有生之年会认识这个人、会和这个人熟悉、会和这个人成为亲密的家人——所有的遇见，都是时间耗费一生的伏笔。

还未苍老，他已然比时光深刻。

他们家极其平凡，但他们也同时拥有极其平凡的幸福和欢乐。

那些琐碎的小事不够伟大、不够跌宕，更不用说深刻，却是在以后想起都能回甘的、无可限量的温暖。这是家的模样——因为家里有自己最亲爱的人们。

致我最、最、最亲爱的姐姐。

亲爱的姐姐，愿你永葆一片赤诚，心怀善意。我始终为你拥护。

You Are My Sunshine

你知道的，哪怕世界黯淡无光，

我愿意陪你走一条昭然若揭的归途。

你是我尚未熄灭的阳光。

我给你一个家，我们说好了。

2009/11/17

我的绝望从这里开始蔓延。

她是一个什么样的人?

她是一个心思细腻，甚至有些多愁善感的女生。这样的年纪太过敏感，连陌生人一个不经意的侧目，都会觉得对方的眼神别有深意。

从小就体弱多病的她，几次想参与学校活动都因病缺席，尽管没有人指责她的不合群，但多次缺席让她越来越与群体脱轨。也因为如此，她总觉得自己和别人有所不同，久而久之就变得害怕上学、害怕交际，而他人的洒脱，她学不来。

“你明天会来学校吗？”

“你记得我们历史课还有一个分组讨论吗？我们什么时候要约出来讨论啊？”

“你知道最近很红的电视剧吗？男主角真的很帅啊！”

“我放学要去买东西，你要不要和我一起去？”

她还是会害怕他人给予的善意和温暖。

2010/03/09

我的日记越来越多空白，日子还在过，但我越来越难过。

她知道自己不应该如此。

但她无法控制，没有人能够接受这样的她，每当她想和家人提起自己的状况，家人总是会骂她一顿，让她别乱说话。她不知道他们是不愿意相信她，还是不能接受自己女儿的精神状况异于常人。

她的母亲总会莫名其妙地就生她的气，几乎是习惯性地迁怒于她，甚至偶尔还会对她动手动脚，说："我为什么要把你生下来，你就是个拖油瓶。"

一瞬间，涌上的情绪从四面八方破土而出，再极力假装的平波无澜也出现裂痕，延伸至心口上最纤细敏感的神经。如同海啸席卷而来，心里的最阴暗面被滂沱大雨冲刷掉上头的保护色，毫无保留地、赤裸裸地曝晒在光明底下。

她知道自己生了心理的病——最阴郁的阳光。

比起社交活动，对于她来说，唯有一个人在病房里静静地阅读才是她最快乐的时光——只有那样，她才觉得自己并不孤独。

书几乎成为她的灵魂伴侣，直到后来的后来，阅读不再只是阅读——她的梦想是成为作家。

她告诉自己，她要成为一个让能让孤单的人也能感受到温暖的文字创作者。

是的，她要成为这样的人。因为她非常清楚，当初的孤寂多么痛彻心扉。

2010/06/03

我遇见了一个人，从天而降，我想他大概是天使。

她谈了人生的第一场恋爱。

“你好？”眼前人朝着她笑，瞳孔里是一片清澈明朗。

“你、你好。”她几乎是惯性地恐惧人群和社交，她有些结巴。

她却没有想过会有这么一个少年，从此成为她荒芜岁月的一路华光。

是他途经她的阴郁正好盛放的时期，他就这么不经意地闯进她的灰暗，赠了她光芒万丈的大好时光。

如果说她心里最大的栅栏是“自尊”，那么，她愿意为了他义无反顾。

她的感情温和甚至内敛，但全世界都知道她对他的张扬。

对于她来说，他就是她曾经无从获得的温暖。

2010/10/19

他说我是天使。

她和他相差了三岁半。

有一次她问："你不是说你不喜欢小女孩吗？"

"但你可以是唯一的例外。"他摸了摸她的头，眼底的笑意绵延，让她不自觉地红了脸。

他们相遇、相识、相知、相爱，他们各有各的不同，都不完整，但她愿意相信颠簸后的平稳是他——他们走成了彼此的圆。

她想，世界的仁慈在于人们总会在绝望的转角遇见一个人，他的影子被拉得斜长、被阳光烘暖，他会拥抱自己，然后和自己说，我来接你回家了。

"闭上眼睛，苦难之后，我带你走。"

他知道她心里最深的伤。

不只家庭因素，还有太多太多，包括学校、朋友，现在的她已经不似以往地信任谁了。

"我被赶出家过，后来是我要自残以死相逼，才有些好转的。"她笑得清淡，眼里却全是未曾痊愈的伤。

“等你大学搬出来，我们一起住。”他以满是郑重的语气说。“我给你一个家。”

我给你一个家，我们说好了。那些你没有的，我都给你。

2011/02/14

我很喜欢他，还能更喜欢。

因为远距离的关系，两人见面的次数并不频繁。

有一年的情人节，他们约好了见面，她在车站引颈而望，等着那个朝思暮想的身影出现。她想过无数种两人相见的场景，直到他站在她面前，很简单的白衣黑裤，她才发现那些猜想都不重要了。

就是看着他，连雨季都无比美好。

他们先去游乐园附近看了早场电影，他顺着她的口味，就选了部爱情文艺片。

没过多久，电影开始了，时间在跳动的画面里流逝，似乎所有人都已随着剧情进入情绪。不过，从开始到现在的半个小时以来，对他来说，最惹他注目的不是正在放映的电影，而是身旁人的目光。

“怎么了？”他的身子倾向她的方向，低声问道。

“呃，没有。”像是做错事被抓现形的孩子，她心虚地移开眼神。

直到电影结束，两人携手走出放映厅，他轻扬唇角，突然开口：“电影好看吗？”

她琢磨着该怎么说比较好，想了想，还是硬着头皮点头说：“我觉得不错。”

她总不好说，其实整场电影她都在看他，结果什么剧情也看不进去。

赶着电影结束、游乐园的入场时间，还没进园，他们就先看到了远远的那座摩天轮。

他拉住了她的手，示意她往摩天轮的方向看，“我们晚点去坐那个吧。”

“好啊。”她应了一声，视线随即被另一头的旋转木马吸引，拉着他就往那个方向跑。

人潮汹涌，他们排队排了二十多分钟才轮到，两人各选了一匹木马，位置是她在前、他在后。男生笑声朗朗，拿出手机拍了几张她的身影，还有一张正逢她转过头朝着他笑，咔嚓一声，恰好被定格成一幅风景。

照片里的人儿笑如骄阳，他看着照片有些忍俊不禁，再抬头看了坐在前头的她，心里最柔软的部分顿时熨帖了——多好，如果她从来都不懂忧愁。

坐完旋转木马后，她拉着他东跑西跑，两个人玩了好几项游乐项目，直到傍晚，他们才排上摩天轮。

摩天轮缓慢地升高，她才想到有些不对劲，她完全忘记自己怕高了。

她不断地深呼吸，坐在她对面的他看着她的举动，忍不住蹙了蹙眉头，窜进脑海里的是“恐高症”三个字。

“你有没有听过关于摩天轮的传说？”他伸手握住她的手，不多说或多问什么，只是想试着转移她的注意力。

似乎奏效了，她好奇地抬头。“什么传说？”

“听说当摩天轮达到最高点时，如果与恋人亲吻……就会永远在一起。”

华灯初上，从摩天轮看出去，整座城市的景致一览无余，她从点点灯火里，看见最美的烟花，绽放在他的眼底。

2013/09/25

我想我正在变好，为自己也为他。

她和家里的关系已经平衡，不到像朋友那样，至少能够好好相处了。

其实她知道大部分的安全感并不是家庭或是朋友给的，而是他。

她想，最幸运的不过是，有人替她心疼自己。

晚上的时候，他打了通电话过来。长久的日子以来，他已经摸透她的习惯，比如说，她一定要听见一声“晚安”才肯挂电话。

“等一下。”她突然喊住他，舍不得挂掉握在手里的电话，那是最令她心安的声音。

“怎么了？又舍不得睡觉了？”

“我只是想说……”她顿了顿，说到后面几个字几乎像消音似的没了。

“我也是。”他笑了，他知道她想说的话，语气登时软了下来。“晚安。”

“晚安。”

她知道，是他让她学会了用温柔的眼光，去看待这个不太温柔的世界。

她想起他曾经说：“宫崎骏的动画里，有一句话说：‘就是因为你不好，才要留在你身边，给你幸福 。’你有没有听过？”

她当然听过，因为她也听过宫崎骏动画里的一句话：“无论你经历了什么苦难，总有一个人的出现，让你原谅上天对你所有的刁难。”

你知道的，哪怕世界黯淡无光，我愿意陪你走一条昭然若揭的归途。

你是我尚未熄灭的阳光。

2016/08/11

我是她喜欢的人，这本日记的主人不会再写下去了，因为她有我了。

图书在版编目（CIP）数据

听说时光记得你 / 温如生著；—北京：现代出版社，2019.4
ISBN 978-7-5143-7621-0

Ⅰ.①听… Ⅱ.①温… Ⅲ.①随笔–作品集–中国–当代 Ⅳ.①I267.1

中国版本图书馆CIP数据核字(2019)第036073号

项目合作：锐拓传媒copyright@rightol.com

听说时光记得你

作　　者：温如生
责任编辑：申　晶
出版发行：现代出版社
地　　址：北京市安定门外安华里504号
邮政编码：100011
电　　话：010-64267325　64245264（兼传真）
网　　址：www.1980xd.com
电子邮箱：xiandai@cnpitc.com.cn
印　　刷：三河市南阳印刷有限公司

开　　本：880mm×1230mm　1/32　　印　　张：7.5　　字　　数：120千字
版　　次：2019年4月第1版　　印　　次：2019年4月第1次印刷
书　　号：ISBN 978-7-5143-7621-0
定　　价：48.00元

文艺好书推荐

我们之所以有两只眼睛，就是要看清左右正反，当一只眼看到了绝望，还有另一只可以寻觅希望。

怎么样的生活才是理想的生活？我们这么急，我们这么拼，我们这么忙，我们做了这么多，我们到底又做了什么？稍一回首，早已白了头。

走过满目疮痍，上天厚爱勇敢而坚信的人。

人生从来不是马拉松，最不需要的就是跟上别人的脚步。

时间宝贵，我们只读好书

家在哪里，哪里就可以是故乡；生在哪里，哪里就是故乡。

我们如何宠孩子，如何爱唯一的父母，如何守得住自己的一方小小世界。

愿每个人，在面对离合悲欢和无常的人生时，能更豁达，也更真实。

每个被爱的人都是“人质”，每个爱人的人都是“赎金”。

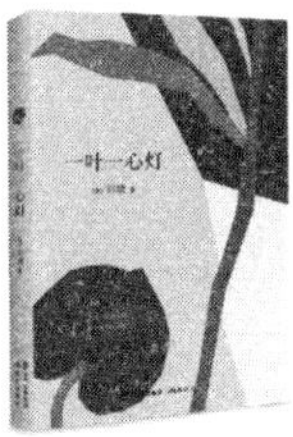

人生一副臭皮囊，能不妄想就是福气！